방촌
문학

방촌문학 제4집

초판 1쇄   2020년 10월 23일

지은이   고옥귀, 박종학, 유윤수, 최상만, 최점희, 김호동
펴낸이   고옥귀
펴낸곳   방촌문학사
출판등록   2015. 9. 16(제419-2015-000015호)
주소   강원도 원주시 소초면 교항공산길 21-10
전화번호   033-732-2638
이메일   dhdpsm@hanmail.net

편집   최상만
디자인   (주)북랩 김민하
제작처   (주)북랩 www.book.co.kr

ISBN   979-11-891360-8-6 03810(종이책)
ISSN   2734-1348

이 도서의 국립중앙도서관 출판예정도서목록(CIP)은 서지정보유통지원시스템 홈페이지(http://seoji.nl.go.
kr)와 국가자료공동목록시스템(http://www.nl.go.kr/kolisnet)에서 이용하실 수 있습니다.
(CIP제어번호 : CIP2020043884)

방촌문학

제4집

문학과현실작가회

방촌문학사

올해도 감꽃은 피고,
자작나무 숲에 바람은 여전히 붑니다

이제, 4번째 여행을 떠납니다.

여전히 시는 읽히지 않고 문학은 너무나 멀리 있습니다. 독자가 무슨 잘못이 있겠습니까. 진정성 있게 문학을 해도 고개를 돌릴까 말까 하는 판인데, 문학한답시고 거들먹거리면서, 사회를 이간질이나 하고, 정치 골목도 기웃거리며, 가끔 미투에도 등장하니 누가 쳐다보려는 마음이나 들까요.

올해도 감꽃이 피었습니다.

여전히 시간은 순리에 맞게 돌아가고 있습니다. 가끔 감나무 꽃이 엄중하게 깨우쳐 줍니다. 가끔은 태풍을 보내고, 가끔은 강우로 꾸짖습니다. 부끄럽습니다. 문학이 부끄럽고, 문학하시는 분들이 부끄럽고, 시가 읽히지 않는 시대가 부끄럽습니다.

그래도 여정을 멈추지는 않습니다.

어디선가 밤을 새며 감성에 젖어 있을 많은 분들을 위해, 어디선가 마지막 버스를 기다리듯 간절한 마음으로 기다리는 몇몇 분들을 위해 힘들고 어려운 여정을 멈출 수 없습니다. 보아 주는 사람이 적어도 그것이 의미 있는 일이기 때문입니다.

자작나무 숲에 바람은 여전히 붑니다.

이제 떠나보내는 순수도 어디선가 세속에 물들고 구겨져 버려질지 모르지만 띄워 보내고 또 띄워 보내다 보면 순수로 물들 것을 믿습니다. 자작나무가 늘 그 자리에서 손 흔들 듯 우리도 그리할 것입니다.

수작秀作의 향기도 좋지만 풋사과 냄새 나는 작품도 아름다울 때가 있습니다. 갈대는 어우러질 때 더 아름답습니다. 풋내 나는 문학이 독자와 함께 어우러지기를 기원합니다.

2020. 10. 23.
문학과현실작가회

차 / 례

073 그래, 그랬으면 좋겠다

097 당신인 줄 알았습니다

"인생 살다 보면 누구에게나 뜻하지 않은 일로
브레이크가 걸리는 법이지!"
"허나 그렇게 걸린 브레이크에도 굴하지 않고
다시 뭔가를 선택할 수 있는 사람은 다시 살 가치가 있는 거지."

- 고옥귀 소설 「브레이크」 중에서 -

넋 놓고 서서 기다려야 하는 심정

악산 고옥귀

시인, 소설가

부산 혜화여자고등학교 졸업
부산 춘해간호대학 중퇴
《문학과 현실》 시 부문 등단
한국문인협회 회원

저서

장편소설 _
『구름으로 걷는 아이』(문학생활사, 1987)
『용수골 나팔수』(문학과현실사, 2014)
『북촌로 향기』(방촌문학사, 2016)
『고래가 되어』(방촌문학사, 2018)
『붉은 갈대』(방촌문학사, 2019)

시집 _
『사랑보다 달았던 것』(C&S, 2010)
『작은 동네』(문학과현실사, 2013)

아쉬움

새벽잠을 깨우고

달아난

바람 꼬리 슬프다.

날도 밝지 않은

어둠 속

더듬으며 찾으려 했던 게 무엇이었는지

알다가도 모를 일

차라리

바람꼬리에 실려 여행이나 떠날 것을

떠나지 못한

아쉬움이

새벽을 채운다.

아직도

창 밖에
가랑잎 흩날리고

빗소리 같은 여우바람
썰렁한데

넋 놓고 서서
기다려야하는 심정

인두 끝에 찔린 듯
해마다 아픈데

님은
아직도

내
밖에만 있네.

더위

칠월 뙤약볕
허리도 길다

바람 한 가닥
건너오지 못하고

물인 듯 마신 더위
갈증으로 아프다

숨바꼭질

묵은 인연도
예사롭지 않거늘

찔끔거리는
눈물 한 방울 없이

이별마저
쉽게 말하더니

바람 스치듯
지나가네

어딜 숨으려나
외롭지 않으려는 듯 그림자마저 태연하다

우리 집 양반은

우리 집 양반은

해 떴다고
집 나가고

해 졌다고
집 나가고

집 나가서
뭐하나

바둑 두고
장기 두고

공 차고
당구 치고

낚시질 하고
그물 치고

놀이도
갖가지

여편네
허리 휘어지는 줄은

알기는 아는 건지
무심하고도 무심하더니

먼 길
떠나면서

던져 놓은
이 그리움은

무슨 심술인지
알 까닭이 없네

브레이크break

—

서울 중심지, 우뚝우뚝 서 있는 건물과 화려한 상가들, 분주한 도시다. 종로를 끼고 안국동에서 자리 잡은 높은 빌딩 하나. 오성급 호텔인지 외부부터가 번쩍번쩍하다. 하얀 대리석으로 쌓아 올린 외벽이 햇살을 받아서인지 눈이 부시다.

소운금 작가의 출판기념회

붓글씨체로 된 아크릴 간판도 이색적이다. 보통은 현수막이 펄럭거려야 하는데, 현수막이 아니라 아크릴 붓글씨체였다. 정성을 표현하려고 그랬는지 어쨌든 사람들 눈을 끌기에는 충분했다. 소운금 작가라면 국내에서 이름깨나 떨치는 작가였다. 역사적 인물들이 등장하는 로맨틱한 작품을 일관성 있게 발표한 작가이기도 하다. 근래에는 역사 속 인물이 아닌 남녀의 사랑 이야기를 밀도 있고 재미있게 그려낸 작품으로 젊은이들에게 큰 인기를 끌고 있는 작가이기도 했다.

책을 좋아하는 사람들이면 소운금 작가의 작품을 한 권쯤은 읽었을 테고 또 낯설지 않은 작가인지라 출판기념회라는 간판이 자연스럽게 읽혀졌을 것이다. 더구나 일회용으로 쓰고 버려질 안내판을 아크릴로 장식했다는 게 이색적이고 특이했으므로 사람들 시선을 집중시키는 데도 한몫을 하는 것 같았다.

시간은 오전 10시 30분, 식은 오전 11시에 시작이 될 모양이다. 호텔 로비는 축하객으로 가득 차 있었다. 서너 명씩 모여 앉아 서로의 안부를 나누는가 하면 여자 남자 할 것 없이 잡담과 수다를 떨며 웃음이 그치지 않았다.

소설로 신춘문예에 당선된 뒤 꾸준히 활동을 했던 소운금 작가의 행적처럼 축하객들도 오랫동안 소운금과 같이 해 온 지인들이며, 또 학교 동창생들이기도 했다. 사실 낯가림이 심하고 내성적이었던 소운금은 작가 생활 십 년이 지나든 이십 년이 지나든 출판기념회 같은 걸 주선할 위인이 되지는 못했다. 이번 출판기념회도 순전히 지인들이며 유별난 동창생들 권유와 주선 때문에 열리게 된 것이었다.

제법 이름도 알려졌고 인세도 쏠쏠하게 들어오는 작가이면서도 출판기념회 한 번 없었다는 건 아쉬운 일이라 여겼는지, 지인들과 동창들이 마련한 이번 출판기념회가 소운금도 내심 기뻤던 것을 숨기지 못했다. 소운금 자신보다도 아내 최소화에게

면목이 선 것 같아 기뻤다. 소심하고 내성적이었던 소운금과는 달리 활발하고 조금은 우쭐대고 싶어 하는 아내였지만 한 번도 아내가 우쭐댈 수 있는 일을 해 준 적은 없었다.

인세로는 살림하기에 빠듯했으며 남편이 이름 있는 작가라고 떠벌리고 다니기에는 수입이 적은 남편을 아내 최소화는 자랑하고 싶지가 않았던 것이다. 자랑은커녕 언제나 불만이었던 아내였다. 집필합네 하고 아내와 등 돌리고 한 달, 두 달 지내기가 일쑤였고 참다못한 아내가 집필실 문을 힘껏 열어 제치고는 독사눈을 굴릴 때도 많았다.

그러고 보니 딱히 아내와 함께 어깨를 나란히 하고 산책해 본 일도 없었으며 자동차에 나란히 앉아 드라이브를 해 본 적도 없었다. 밥상 앞에 마주 앉는 것도 어쩌다가 있는 일이었으니 아내에게 자랑거리가 될 남편감으로서의 점수는 제로 상태였다.

소운금의 옷차림은 또 어떠한가? 육십 년대 의복을 재현이라도 하려는 듯 계절도 없었다. 여름에도, 겨울에도 헐렁한 바지에 국방색 바지 그리고 검정색 워커, 그런 차림의 남편과 어깨를 나란히 하고 걷고 싶었을 최소화가 아니었다. 옷이나 제대로 입고 다니면서 현실 감각을 느끼라고 외치듯 중얼거리는 아내의 말을 언제나 묵살해 버리곤 했던 소운금이다.

그런 소운금이가 오늘은 완전히 다른 사람으로 보였다. 단정한 머리며 말끔하게 차려 입은 양복, 어린애처럼 엷은 미소를 지으며 축하객들과 인사를 나누는 소운금은 그야말로 젠틀맨이었다. 텁수룩한 머리에 가려진 이마와 얼굴이 드러나자 그 인물이 영화배우 뺨칠 정도로 훤했다.

시커먼 눈썹과 깊이 패인 눈동자, 선하고 고운 눈이었다. 어질고 착해 보이는 눈빛이었다. 이목구비에서 옛 선조들의 귀태가 느껴졌다. 소운금을 바라보는 지인들의 눈이 크게 뜨였다. 놀란 듯 입을 벌리는 지인도 있었다. 유별난 동창들의 외침에 귀가 빨개질 정도였다.

"우리 작가님 배우네!"

"소운금 작가님 살아있네!"

동창들의 장난 섞인 외침들이 부끄럽지 않았다. '정말일까? 내가? 정말? 영화배우 못지않은 인물일까?' 내심 그런 생각에 얼굴에는 웃음이 퍼지고 있었다. 터벅머리가 아니고 헐렁한 바지 차림도 아닌 남편 소운금의 모습을 아내는 어디서 지켜보고 있을까? 소운금은 주위를 살폈다. 아내의 모습을 찾으려는 것이다.

축하객에 섞여 있는 지인들이며 동창들은 한눈에 보이는데 아내의 모습이 보이지 않았다. 이날을 누구보다도 기뻐해 줄 아내, 남편 소운금의 새신랑 같은 모습을 보고 "멋지다!" 하고 외쳐 줄 아내. 그런데 사람들 속에서 아내의 모습은 눈에 띄지 않았다. 분명 아내 최소화는 그보다 먼저 집을 나섰다. 출판기념회 식장을 점검해 보고 싶다는 것이었다.

"사람도 참!"

소운금은 혼잣말을 하며 씨익 웃기까지 했다. 기념식장을 점검해 보겠다는 아내의 말이 떠올랐고 아내답다는 생각에서였다. 남편의 출판기념회이니 식장 어느 한구석도 허술함이 없도록 하고 싶은 아내의 마음이 느껴졌다.

"얼마나 설치려고?"

걱정도 되었다. 기념식장을 종횡무진하며 설쳐 댈 아내의 모습을 상상하며 그렇게 중얼거려 본 소운금이다. 아내의 활달한 성격이 오늘만큼은 자랑스럽게 여겨지기도 했다. 그런데, 이상했다. 아내가 보이지 않았다. 어디에 있든 금방 눈에 띌 사람인데. 옷차림부터 평범한 아내가 아니다. 야단스럽지는 않으나 화려한 옷차림과 짙은 화장이 어울리는 아내였다.

오늘 같은 날 아내의 옷차림은 특히 화려했을 터이다. 화장도 기술적으로 진하게 했을 것이다. 그런 모습의 아내이니만큼 어디에 있든 금방 눈에 띌 텐데 사방을 둘러봐도 아내가 보이지 않았다.

"이 사람이 대체 어디에 있담!"

혼자 중얼거리며 두리번거리는 소운금 앞으로 웅규가 다가왔다. 초등학교 때의 친구다. 그야말로 죽마고우인 셈이다. 싱글

벙글 웃으며 다가온 웅규의 표정이 밝다. 소운금의 출판기념을 간절하게 기다렸고 또 누구 못지않게 힘을 합쳐 주선한 사람이다. 이 출판기념식을 소운금 자신만큼 기뻐해 줄 웅규였으니 그 표정이 밝고 즐거울 수밖에 없었을 것이다. 싱글벙글 웃으며 다가온 웅규에게 소운금은 다급하게 물었다.

"집사람이 안 보이는데."

"이층 로비에 있을지도 모르지."

웅규는 대수롭지 않게 말했다.

"이층 로비?"

"응, 이층 로비. 축하객들이 많을 거라 짐작하고 이층 로비까지 빌렸거든. 올라가 봐."

"식장에서 우리 집사람을 보긴 봤어?"

집에서 아내와 나란히 나오지 못했던 게 켕겨서 조심스런 질문을 했다. 웅규는 소운금을 올려다보며 장난기 섞인 웃음까지 보냈다.

"운금아! 무슨 질문이 그래?"

"……."

"오늘같이 좋은 날, 자네 집사람이 기념식장에 안 오겠어? 일찍감치 왔어. 사회자 옆에서 꽃꽂이도 하고, 사회자와 함께 마이크 점검도 하고."

"사회자가 누군데?"

소운금의 질문이 날카롭다.

웅규가 흠칫 놀랐다.

"오늘 사회를 맡은 사람이 누군지, 자네가 모른단 말이야?"

"누군데?"

"서필구!"

웅규의 입에서 '서필구'라는 이름이 터져 나오자 소운금은 제 귀를 의심했다.

"서필구라니?"

"자네 대학 동창이라던데?"

사회자가 누군지를 모르고 있었다는 운금이가 이상스럽다는 듯 웅규는 고개를 갸우뚱거리며 혼잣말을 하고 있었다. 대학 동창 서필구? 서필구는 소운금의 대학 동창이기도 했지만 아내 최소화의 동창이기도 했다.

오늘 사회를 맡은 사람이 서필구라니? 많고 많은 동창들 중에, 많고 많은 지인들 중에… 하필이면 서필구가 사회자라니?

서필구는 동창들 중에서도 평판이 좋지 않았다. 사회에서도 별 인정도 받지 못하고 있었다. 돈깨나 있는 부모 밑에서 거들먹거리며 사는 놈. 연애는 해도 결혼은 안 하겠다는 놈. 천구백팔십 년생 갓 마흔 살 나이인데도 결혼은 하지 않았다. 누구와 연애를 한다는 소문만 흘렸고. 얼마 가지 않아서 헤어졌다는 그런 소문을 심심찮게 흘리고 다니는 놈. 서필구는 그런 놈이다.

그리고 무엇보다 소운금과는 개별적인 대면도 없었다. 대학 동창이라는 허울뿐이다. 서필구는 학생회장을 뽑는 시기만 되면 후보자 뒤를 따라 다니면서 선거 운동을 하네 하고 설치기도 했다. 그 바람에 얼굴은 알게 되었을 뿐이다.

그 서필구가 소운금의 출판기념식에서 사회를 맡았다니? 소운금은 잠시 입을 닫았다. 말문이 막히는 듯한 순간이었다. 소운금이가 놀라고 있는 것을 전혀 깨닫지 못한 듯 웅규가 빠른 어조로 말했다.

"새삼스럽게 뭘 그렇게 놀라? 서필구를 사회자로 추천한 건 자네 아내였어! 최소화가 적극 소개도 하고 추천한 사람인데."

"내 아내가?"

"그렇다니까. 최소화가 그 사람을 추천했어! 입담도 좋고 유머도 많아서 기념식장을 화기애애하게 이끌어 갈 사람이라고."

"내 아내가? 내 아내 최소화가 서필구를 사회자로 추천했다고?"

"그렇다니까?"

"소운금의 출판기념식 사회자로 서필구를 추천한 게 내 아내였다니?"

"왜? 모르고 있었어?"

웅규의 물음에 소운금은 눈을 부릅떴다. 그러곤 이층 로비를 향해 몸을 돌렸다. 발꿈치가 보이지 않도록 뛰어 계단을 오르는 소운금을 웅규는 놀란 얼굴로 멍하니 바라보았다. 이층 로비는 꽤 넓었다. 축하 분위기가 물씬물씬 풍기는 분위기였다. 여러 테이블에 듬성듬성 앉아 있는 축하객들. 꽤 절친한 지인들도 있었다.

소운금을 보자 테이블에서 몸을 일으키며 인사까지 하는 지인도 있었다. 운금은 눈인사만 하고는 사방을 두리번거렸다. 아내는 보이지 않았다. 아내는 이층 로비에도 없는 것이다. 아내가 보이지 않는다는 사실에서 소운금의 내면에서는 분노가 끓어오르고 있었다.

출판기념식에서 사회를 맡을 사람을 소운금과는 한마디 의논도 없었던 아내에 대한 분노가 부글부글 끓고 있었다. 그런데다 사회자가 하필이면 서필구라니? 그런 놈을… 서필구 같은 그런 놈을 내 출판기념식 사회자로 추천했다니? 내 아내가? 내 아내 최소화가? 분노가 치밀어서 견딜 수가 없었다.

소운금은 평소의 그답지 않게 허둥거렸다. 아내가 독사 같은 눈으로 흘기고 노려보아도 별 반응을 보이지 않는 소운금이다. 그래서 싸움이 일어나지 않는 가정이었다. 골난 아내가 혼자서 씩씩거리고 소리 지르다가도 제풀에 꺾여 조용해지면 그때서야 아내에게 다가가 미안하다는 말로 화해를 청하곤 했던 소운금이다.

되도록 아내를 다독거리며 살고 싶었기 때문이었다. 남부럽지 않게 돈을 벌어 주는 것도 아니면서 글을 쓿네 하고 골방에 처박혀 며칠 밤을 지내는가 하면, 배만 고프지 않으면 한 달 두 달도 골방에서 나오지 않을 소운금을 남편으로 섬기며 살아 주는 아내가 고맙기도 했기 때문이다. 그런저런 이유 때문에 화를 내는 아내를 다독거리고 이해하며 살았다. 돈을 넉넉히 벌어 주지 못한다는 이유 때문에 항상 미안하게 여겼고 큰 잘못도 없으면서 그저 미안하다며 살아왔던 소운금이었다. 어쩌면 그럴 수 있었던 게 아내에 대한 깊은 애정이 있었기 때문인지도 모른다. 소운금은 아내에 대한 애정을 부인하지는 않았다.

이층 로비에서만이라도 아내를 만날 수 있으면 다행이다 싶기도 했다. 아내 최소화가 서필구를 사회자로 추천한 까닭은 집에 가서 따져도 늦지는 않다. 서필구가 동창들에게나, 사회에서나 인정받지 못하고 또 질이 좋지 않은 사람으로 소문이 나 있지만 아내로서는 서필구를 추천할 수밖에 없었던 이유가 있었는지도 모를 일이다.

그 일로 너무 속상해하고 걷잡을 수 없이 분노할 필요는 없다고 여기면서 애써 침착하려 애쓰는 운금이었다. 그때 소운금의 눈에 뜨인 곳이 있었다. 로비 끝이었다. 넓은 로비에 자리를 잡고 있는 사람들에게서 뚝 떨어져 있는 로비 끝. 소운금은 로비 끝을 향해 걸었다. 로비에서 끝 쪽까지의 복도는 꽤 길었다. 한참을 걷다 보니 사람들 웅성거리는 소리도 잘 들리지 않았다. 애써 고개를 돌려 살펴보지 않으면 로비 끝을 볼 수도 없을 것 같았다.

소운금은 로비 끝부분에서 걸음을 멈추었다. 말끔한 벽에 도어가 달린 문이 있었다. 또 다른 휴게실인가 싶었다. 문 앞에 서자 안에서 강한 담배 냄새가 풍겨왔다. 문틈으로 진한 담배 연기도 퍼져 나오고 있었다. 휴게실이 아닌 흡연실인가? 소운금은 도어의 손잡이를 잡았다. 문이 쉽게 열렸다. 안으로 발을 한발 내딛은 순간 소운금은 비명을 삼켰다.

너무나 경악스런 일이었다. 비명이 터져야 하는데 목구멍에서 소리가 걸려버렸다. 터져 나오려는 비명을 목구멍이 삼키고 있었다. 놀라서 소리도 내지 못하면서 입술만 벌어지고 있었다. 세상이 아무리 자유롭게 흘러간다고 하지만 세상에 이런 일도 있다니? 벌건 대낮에…… 아니, 아직 오전 중인 이 시간에 도어도 잠그지 않고 섹스를 즐기고 있다니. 더군다나 남의 출판기념식을 준비하고 있는 로비에서 남자의 허벅지를 깔고 앉은 여자의 긴 등이 생선 지느러미처럼 흔들리고 있었다. 순간적으로 눈에 띈 여자의 긴 등. 하얗고 길었다. 섹스 중에 여자는 담배를 피우고 있었다. 하얗고 긴 등을 생선 지느러미처럼 흔들며 섹스를 즐기는 여자. 섹스를 즐기며 담배를 태우는 건 소운금의 아내 최소화만이 가진 습관이며 버릇이었다.

문 열리는 소리에 고개를 돌리는 여자의 얼굴. 소운금은 여자와 눈이 마주쳤다. 담배 연기를 뿜으며 소운금을 향해 고개를 돌린 여자는 아내 최소화였다. 그와 섹스를 즐길 때면 담배를 태우는 것이 최소화의 습관이었다. 아내는 지금 섹스를 즐기고 있다. 아내는 지금 섹스 중이다. 남편 소운금이가 아닌 다른 사내놈과 즐기는 아내! 내 아내 최소화가 다른 사내놈과 섹스를 즐기고 있다. 그와 함께 섹스를 즐기던 것처럼 담배를 피우면서 입안에 연기를 머금었다가 뿜어내면서, 남편 소운금과 즐기는 것처럼, 다른 사내놈과 섹스를 즐기는 아내, 아내의 얼굴을 확인하는 순간 소운금은 머리를 망치에 맞은 것처럼 정신을 잃은 듯 서 있었다. 할 말을 잊고 서 있었다. 소운금을 확인한 아내가 소리쳤다.

"꺼져! 꺼져 버렷!"

소운금에게 꺼져 버리라고 소리치는 아내. 그 순간 아내 최소화에겐 부끄러움 따위는 없었다. 자존심 같은 것도 없었다. 아니, 이성을 잃은 듯했다. 지금 이 순간 아내 최소화는 섹스의 세계만이 전부였다.

남편 소운금을 향해 꺼져 버리라고 소리치는 아내를 소운금은 물끄러미 바라보았다. 남편 소운금이가 아닌 다른 사내놈의 허벅지를 깔고 앉아서 긴 등을 흔들며 섹스를 즐기고 있는 최소화를 소운금은 물끄러미 바라보고 서 있었다.

인생이라는 것. 사람마다 살아가는 몫이 다르겠지만 분명한

건 누구에게나 자신이 옳다고 생각하며 걸었던 길 앞에서 뜻하지 않게 브레이크가 걸릴 때가 있다. 엄청난 충격으로 제정신을 잃을 정도의 브레이크일 수 도 있고 뜻하지 않게 당한 브레이크에 당황하며 잠시 길을 잃었던 순간도 있을 것이다.

지금 소운금은 브레이크가 걸렸다. 인생이 흔들리는 듯 브레이크의 충격에 의식을 잃을 정도였다. 검은 머리 파뿌리 되도록 살자 하며 백년언약을 나누었던 아내가 브레이크를 걸어온 것이다. 아내 스스로를 무너뜨리는 브레이크가 아니라 남편 소운금의 인생을 완전히 뒤엎어 버리는 엄청난 충격의 브레이크를 걸었다.

그런데 아내는 태연했다. 부끄러움도, 책임감도 없었다. 남편에 대한 미안함이나 자신에 대한 죄책감, 그따위 감정조차 없었다. 다만 인간의 본능에 충실하고 있었다. 지극히 당연한 듯이 행위 자체를 즐기고 있었다. 그 순간을 들켰다는 부끄러움보다도 그 순간을 깨뜨린 남편이 무례하다는 듯이 분노하며 소리치는 아내.

"꺼져 버려!"

아내의 외침은 그 어느 때보다도 당당했다.

소운금은 열린 도어에서 총알처럼 뛰쳐나왔다. 땀이 비 오듯이 흐르고 있음을 느꼈다. 아래층으로 뛰어내리는 계단 중간에서 웅규의 다급한 소리가 퍼지고 있었다.

"사회자 어디 갔어? 누가 서필구 못 봤습니까?"

"……."

"식이 시작할 시간인데……."

사회자를 찾는 웅규의 소리를 마지막으로 들으며 호텔 밖으로 나온 소운금의 몸은 물에 빠진 듯 흠뻑 젖어 있었다. 작가 소운금의 출판기념식은 그렇게 끝나 버렸다.

二

그날 밤의 밤은 십 년 동안의 동짓달을 한 묶음으로 묶어 놓은 듯 길었다. 얼마나 길고 어두웠던지 정녕 날이 새지 않을 것 같은 긴 밤이었다. 소운금은 배기량 200cc의 오토바이에 몸을 실었다. 브레이크가 없는 오토바이를 탄 것처럼 질주하기 시작했다.

어둠은 끝없이 길었고 그날 밤의 긴 밤은 무너지지 않는 벽처럼 두꺼웠다. 오토바이의 미친 듯한 질주에도 무너지지 않는 밤. 그 어둡고 깊고 긴 밤을 뚫고 달리고 있는 소운금. 오토바이도, 소운금 자신도 이 무서운 어둠을 걷어 내려는 도구처럼 여겨졌다.

소운금은 그날 밤 별도 보지 못했고, 달도 보지 못했다. 어쩌면 별도 달도 뜨지 않았을 것이다. 어쩌면 그날 밤에는 소운금

그가 보고 살았던 세상의 그 모든 것들이 허상이었거나 아니면 이 순간에 발기발기 찢겨져 버린 휴지 같은 그림이었는지 모를 일이다.

하늘에 떠 있었던 해도 은빛 같았던 아침 햇살도, 하늘에 둥둥 떠 있었던 그 아름다웠던 구름들도 환영이었거나 허상 이었을 것이다.

사랑한다는 말 한마디로 서로의 마음을 진단하고 믿고 신뢰 했던 부부라는 인연도 환상이었는지 모른다. 환상과 허상에 매 달려 살아왔던 게 아니라면 이런 우스꽝스런 브레이크에 걸릴 리는 없었을 것이다. 소운금은 질주하는 오토바이 위에서 그의 뇌리에 남아 있는 모든 것의 문을 하나하나 닫아 버리기 시작 했다.

모범생이 되면 세상 모든 행복을 누릴 수 있을 것처럼 가르치 던 학교와 서생님들의 가르침도 믿을 수 없는 한낱 꼬드김 같 은 것으로만 여겨졌고 착하고 선하게 사는 것이 사람 사는 기 본인 것처럼 여겨졌던 배움도 부질없는 말장난으로만 여겨질 만큼 세상 것 모든 게 우스꽝스럽고, 세상 것 모든 것이 브레이 크에 걸린 것처럼 정지되어 갔다.

소운금은 지금 미친 듯이 달리고 있었다. 살기 위해서가 아니 라 죽기 위해서 달리고 있었다. 어느 지점에서 어떻게 죽어 갈 지도 모른다. 죽지 않으면 천행이고, 죽는다면 그의 인생을 마비시킨 브레이크에 갇혀 죽어 가는 것 뿐이다.

　소운금. 그를 가두어버린 브레이크는 선택의 여지마저 없었다. 살고 싶은 단 한 가지의 의미도 없었다. 좋은 작품을 쓰겠다고 골방에 틀어박혀 원고지와 펜과 싸웠던 일이며 지금은 컴퓨터 앞에서 열심히 활자를 두드렸던 일들이 하나같이 부질없었다.

　골방에 틀어박혀 원고지와 펜을 놀리는 그 시간을 아내와의 시간으로 남겼더라면……. 그런 후회가 잠시 뇌리를 스친다. 마당에 늘어진 빨랫줄에 걸린 빨래 하나 같은……. 그러나 소운금은 강하게 고개를 저어 버렸다. 아내의 불륜은 제 탓이 아니라는 강한 부정이었다. 아내의 불륜은 소운금의 인생을 엎어버린 그야말로 브레이크일 뿐이다.

　아내의 불륜은 아내의 몫으로 남을 것이고 소운금은 자신의 인생을 흔들어 놓은 이 엄청난 브레이크의 여파를 어떻게 해결하며 또한 무엇을 선택하여야 하느냐 하는 숙제만 있을 뿐이다.

　한 편의 좋은 작품을 내기 위해서 골방에 틀어박혀 살았던 소운금은 이제 없다. 아니, 작가 소운금은 그 그림자도 없애 버리고 싶은 심정이다.

　어디쯤 달렸을까? 어디쯤이었을까? 갑자기 종소리가 울렸다. 금속성 종소리가 고막을 때리듯 울려왔다. 놀라서 몸을 뒤척거렸다. 어깨에서부터 몸통까지 늘어져 있었다. 뒤척거려 보았지만 움직여지지가 않았다. 땅에서부터 커다란 힘이 솟구쳐 올라와 그의 몸을 짓누르고 있는 것 같았다. 둘러보니 사방은 아직도 어둠 속이었다.

"죽어야지……. 죽어야지 다시 태어나지."

땅을 뚫고 올라오는 소리 하나. 소운금은 꼼짝할 수 없는 몸을 늘어뜨린 채 눈만 껌뻑거렸다.

"죽어야 다시 태어난다고?"

"암!"

"죽지 않고 어떻게 다시 태어나노?"

"절망을 안고 살아가느니 죽는 편이 훨씬 낫지!"

"죽었다가 다시 태어나는 게 훨씬 낫지!"

땅을 뚫고 나오는 소리인 줄 알았더니 결국은 소운금 자신이 혼자서 주고받는 말이었다. 죽어야지. 죽어야 다시 태어나지! 진리처럼 느껴졌다. 절망적으로 사느니 죽었다가 다시 태어나는 게 옳은 삶일 테지! 죽고 싶은 충동을 일어나게 했다.

하기야 살아 있으면서 아내의 불륜을 잊을 수는 없을 것이다. 두 눈으로 똑똑히 목격했던 그 사실을 어떻게 잊겠는가 말이다. 죽어야지! 다시 살고 싶으면 죽어야지. 소운금은 주문이라도 걸듯이 자신에게 중얼대고 있었다.

사방에서 불빛이 비추고 있었다. 빨간 불빛 푸른 불빛, 그리고 웅성거리는 사람들. 그제야 소운금은 눈을 떴다.

비로소 상황이 판단되었다. 사고였다. 사고가 난 것이다. 그를 꼼짝도 못하게 누르고 있는 건 땅이 아니라 커다란 자동차였다. 몸집도 큰 트럭이다. 사람들이 그를 에워쌌다.

"살아 있다! 사람이 살아 있다!"

누군가가 소운금의 어깨를 흔들며 소리쳤다. 그리고 웅성거림, 또 웅성거림. 땅으로 갇힌 듯한 트럭의 무게가 벗겨지고 있었다. 불빛과 사이렌 소리, 그리고 하얀 시트의 침대.

트럭 운전사가 음주운전을 했단다. 음주운전에 졸음운전이란다. 트럭은 살인 무기가 되었고 소운금의 오토바이는 그 무기에 깔렸던 것이다. 휴지처럼 구겨진 오토바이에서 떨어져 구사일생으로 살아난 소운금.

이튿날 대문짝만 하게 실린 소운금의 사건을 정작 소운금은 알지 못했다. 천행인지는 모르겠지만 소운금의 육신은 멀쩡했다. 그야말로 죽었다가 다시 살아난 듯했다.

보험회사에서 사람이 오고 트럭 기사 아저씨가 왔다. 합의를 해 달라는 목소리가 간절했다. 사고는 컸는데 사람이 멀쩡했으니 합의가 이루어져야 했다. 소운금은 무조건 합의에 응했다. 그는 죽었고, 그리고 그는 다시 태어난 것이다.

부산, 양정동, P 수녀원이다.

내일이면 허원식이 있는 날이다. 수녀님이 되고자 수녀원에 들어오신 여자 신자들이 일련의 교육과 신학 공부를 하면서 삼사 년 동안의 수녀 생활을 하게 되는데 그 기간이 끝나면 허원식을 하게 된다. 말하자면 예수님과의 성혼을 허원하는 예식이기도 하다.

허원식에 앞서 모든 예비 수녀들은 엄격한 기도에 들어간다. 평생을 수도원에서 예수님을 섬기며 살겠다는 허원식이니만큼 예비 수녀들의 각오와 결심이 필사적이어야 했다. 허원식을 하기 전에 선택해야 할 각오며 결심이었다. 허원식으로 맹세를 했다면 그들은 이미 예비 수녀가 아니라 허원식을 한 허원 수녀님들이시다.

연 마리아는 올해 스물일곱 살의 예비 수녀님이시다. 내일이면 허원식을 해야 하고 허원식을 하고 나면 허원수녀로서 평생을 예수님을 섬기며 살아가는 가톨릭 성직자이자 허원 수녀라는 신분으로 수도원에서 일생을 보내야 한다.

예비 수녀로서 허원 수녀가 된다는 건 최고의 영광이며 목적이 또렷한 종교인으로써의 길을 걷는 셈이다. 연 마리아는 허원 수녀가 되기 위해 여고를 졸업한 그해에 수녀원의 문을 두드렸다. 수녀원의 문을 두드리기까지 그녀의 기도는 절절했고 절박했다. 수녀원에 가지 않으면 인생이 끝장이라도 나는 것처럼 절박하고도 절절하게 기도했다. 수녀원에 들어갈 수 있도록 성소를 소망했던 연 마리아의 기도는 생사의 갈림길에서 살기를 소망했던 그런 열정과 절박함이었다.

그녀의 그 열렬한 기도의 힘이었는지 본당 신부님의 추천서를 들고 수도원의 문을 두드렸던 게 갓 열아홉 여고를 졸업했던 바로 그해였다. 수녀원에 들어온 연 마리아는 부지런했고 성실했으며 또 활발했다. 생동감이 넘치는 아직 어린 수녀였다.

영리하고 총명하기도 했다. 다른 수녀님들에게 웃음을 주고 동료 예비 수녀님들에게는 즐거움을 선사하는 그야말로 선물 같은 존재로 수녀원 생활에 임하고 있었다. 수녀원 원장은 캐나다 분으로 지나치리만큼 관찰력이 있었고 사물에 대한 판단과 사람을 꿰뚫어 보는 듯한 신통한 힘을 가지신 분이었다. 그 원장 수녀님의 눈에도 연 마리아는 선물 같은 존재였다. 누구나 무서워했고 조심스러워했던 원장 수녀님인데 유독 연 마리아만은 그런 편견을 가지지 않았다. 정말로 친언니처럼 당당하게 다가갔고 하고 싶은 말이 있으면 거리낌 없이 했다.

이야기하듯 자유로웠고 다정한 듯 속삭였고 거리낌 없이 말하고 웃고, 그런 연 마리아를 원장 수녀님은 세심하게 관찰했다. 그리고 연 마리아의 자유분방한 모습에서도 깊은 신앙심을

엿보았던 원장 수녀님이었다.

어느 날 원장 수녀님이 집무실로 연 마리아를 불러들였다. 그리고 한 치의 망설임도 없이, 아니 속사포 같은 발언을 했다.

"연 마리아! 대학교에 입학하도록 하십시오."

"예?"

원장 수녀님의 말에 마리아는 어리둥절했다. 눈을 동그랗게 뜨고 반문하는 마리아를 원장 수녀님은 똑바로 응시했다.

그리고 말했다.

"대학에 가도록 하십시오. 의과대학으로 가도록 하십시오."

"예?"

마리아는 제 귀를 의심하며 반문했다. 허원 수녀가 되겠다고 수녀원에 들어온 예비 수녀에게 대학에 가라고 하다니? 그것도 일반 대학이 아니라 의과 대학에. 아니 의과 대학이 누구나 갈 수 있는 대학인가 말이다. 마리아는 원장 수녀님을 한참이나 멍하니 바라보았고 원장 수녀님은 푸른 눈동자를 바다 펼치듯 둥그렇게 뜨고는 고개를 끄덕대면서까지 말했다.

"내년에 시험을 치시면 됩니다. 의과 대학에 접수하시고 시험을 치십시오. 합격하시면 졸업 때까지 모든 비용은 수녀원에서 책임집니다. 마리아는 합격만 하십시오."

원장 수녀님의 특별한 발언에 마리아는 제 귀를 의심했고 그리고 그다음에는 원장 수녀님이 장난하듯 던진 발언이 아니라는 걸 깨달았다. 어쩌면 원장 수녀님이 예비 수녀였던 연 마리아에게 명령을 내린 것인지도 모른다. 명령이라면 순종해야 한다.

믿음, 순종, 사랑이 수도원의 중심 정신이다. 연 마리아는 그 자리에서 아무 대답도 못했지만 자신의 길은 정해진 듯이 여겨졌다. 연 마리아는 침묵했지만 원장 수녀님은 이미 마리아의 침묵이 자신의 발언을 받아들이는 것이라 단정했다.

그 후 연 마리아는 피를 토하듯이 공부에 전념했다. 자신에게 의술을 베풀 수 있는 능력과 사랑이 있는지도 모르면서 의과 대학에 가야겠다는 목적을 두고 공부하기 시작했다. 마리아에게는 수도원의 규율보다 공부가 우선이 되어버렸다. 원장 수녀님은 수시로 마리아의 공부하는 모습을 지켜보곤 했다. 수녀가 되겠다고 수녀원에 들어온 마리아는 성경 공부를 제치고 수도원의 규율도 제치고 오로지 공부에만 전념해야 했다.

원장 수녀님의 의도가 무엇인지도 모르면서 열심히 공부했고 의과 대학에 왜 꼭 가야 하는지 그 목적도 없이 마리아는 공부에만 전념했다. 그리고 P대학 의과대학에 합격, 수녀원에서 대학에 다니게 된 특별한 은총의 예비 수녀가 되었다. 대학 생활 6년, 전문과목대 2년, 장장 팔 년 동안의 긴 학업 생활이었다. 전문의 외과 의사는 연 마리아의 타이틀이 되었다. 그리고 수도원에서 운영하는 병원에서 의사생활 삼 년, 수도원에서 여러 해를 보냈다.

그리고 내일이면 드디어 허원식을 하게 된다. 평생 수녀로 살겠다고 허원할 허원식, 물론 허원식을 앞두고 예비 수녀님들의 기도는 누구나 절절하고 절박했다. 단 한 오라기의 후회도 없어야 하는 허원이었다. 허원식을 하게 될 예비 수녀님들은 이미 원장 수녀님과의 면담도 끝났고 허원을 위한 기도와 마음가짐도 정해진 상태다. 내일이면 대망의 허원식을 치르게 된다.

그런데 마리아는 잠을 이루지 못했다. 동기 수녀들은 벌써 허원식을 올렸고 허원한 지 5~6년이 넘은 동기 수녀도 있었다. 마리아는 동료 수녀들에 비하면 십 년이나 늦어진 셈이다. 의학 공부에 의사생활 삼 년, 연 마리아 그녀는 허원 수녀님이 되기 전 의사 수녀님으로서 수녀원에서 운영하고 있는 종합 병원의 의사로 활약하고 있었다. 그리고 이제야 허원식을 하게 되었고 내일 허원식이 끝나면 연 마리아 그녀가 대망했던 허원 수녀가 되는 것이다.

그런데 도저히 잠을 이룰 수가 없었다. 잠이 오지 않았다. 눈이 살아서 펄쩍펄쩍 뛰는 것 같았다. 눈동자에서 반짝반짝 빛이 나면서 생각들을 끄집어내고 있었다. 머릿속에 든 온갖 생각들을 끄집어내었다. 아니 생각들이 저절로 튀어나오는 것 같았다.

허원식을 하느냐? 마느냐? 허원식을 해야 하느냐? 하지 말아야 하느냐? 뚱딴지처럼 그런 반문이 머릿속에서 자꾸만 기어나오고 있었다. 아니 허원 수녀가 되겠다고 꽃다운 나이 십구 세에 수도원에 들어왔고 허원 수녀가 되겠다는 일념으로 공부도 했고 원장 수녀님의 발언대로 의과 대학에 갔었고 또 의사가 되었는데. 이만하면 아낌없이 어디에서든 봉사도 할 수 있고 누구에게든 예수님이 바라는 사랑도 베풀 수 있는데. 의사 수녀로서 할 일도 많은데 허원식을 하게 된 기쁨에 춤이라도 출 판이 아닌가?

그런데 이상했다. 그 마음이 아니었다. 머릿속에서는 허원식을 하느냐 마느냐? 하는 물음표가 쏟아져 나오고 가슴과 마음 깊은 곳에서는 어떤 자유를 갈망하고 있음을 느꼈다. 자유로움이라니? 새삼스럽게 자유로움이라니? 허원식을 안 하겠다는 거냐? 허원 수녀가 되고 싶지 않다는 거냐? 화살처럼 쏟아져 나오는 질문에 마리아는 몸부림을 쳤다. 미친 듯이 몸부림을 쳤다.

허원식을 하느냐, 마느냐 하는 질문이 왜 새삼스럽게 생긴 걸까? 왜 그런 어처구니없는 반문이 생긴 걸까? 허원 수녀가 되고 싶었던 그 열렬했던 기도, 그 열정. 그런데 허원식을 내일로 앞두고 이게 무슨 망령인가 싶었다. 그러나 그동안 누려 보지 못했던 자유로움의 갈망이 무서운 속도로 그녀의 마음을 움켜쥐고 있었다.

열아홉 살의 어린 여자가 누릴 수 있는 낭만과 연애의 짜릿함. 그리고 남녀 간의 사랑, 연모. 그런 것들에 대한 호기심이 가슴에 지푸라기를 묻어 놓았던 것처럼 활활 타고 있었다.

그녀는 자리를 뿌리치고 침대에서 내려섰다. 그리고 수녀원 깊숙한 곳에 자리 잡고 있는 기도실로 향했다. 십자가와 성모상만이 있는 기도방이다. 성당이나 교육실, 아니면 수녀님들의 개개인의 거처지에서 기도하는 게 상식이었다. 일부러 기도방을 찾아가서 기도하는 수녀님들은 없었다. 특별한 청원을 목적하는 기도가 아니면 어느 수녀도 그 기도방을 찾지 않는다.

그러나 이 밤에 연 마리아는 미친 듯이 기도하는 방으로 뛰어 들었다. 십자가 앞에서 무릎을 꿇었다. 두 손을 모았다. 허원식을 하게 해 달라고 기도했다. 십여 년을 수도원에서 수도 생활을 한 건 오직 허원 수녀가 되기 위해서였다. 그러니 허원식을 무사히 끝내고 허원 수녀로서 평생을 살다가 죽게 해 달라고 간절히 기도했다. 피눈물을 흘릴 만큼 간절하고도 간절하게 기도했다.

그런데 이상했다. 몸은 십자가 앞에 꿇어 있고 두 손은 기도하기 위해 모아지고 있는데, 허원식을 잘 끝나게 해 달라고 기도는 그렇게 하고 있는데, 가슴에서는 자유를 그리는 그림이 너무 강했다. 가슴 속에서 일렁거리는 자유로움에 취하는 느낌은 황홀했다.

누려 보지 못했던 낭만과 연애의 짜릿함, 남녀 간의 사랑, 연모, 그런 것에 대한 호기심 따위가 가슴 속에서 분수처럼 솟구치고 있었다.

"주님! 제발!"

"주님! 제발 저의 기도가 헛되게 되지 않도록 해 주소서."

"열아홉 살 마리아가 갈망했던 허원 수녀로써의 뜻을 펴게 해 주소서."

"주님! 제발!"

마리아는 배를 마룻바닥에 깔았다. 그리고 허원식을 잘 끝내게 해 달라고 피를 토하듯 외치며 기도했다.

그런데 가슴 한쪽에서는 자유를 누리고 싶은 열망이 불꽃처럼 타오르고 있었다. 불꽃의 그 힘이 피를 토하는 듯한 기도를 삼키고 있었다. 재가 되도록 태우고 있었다.

"주님, 제발⋯⋯!"

마리아는 소리쳤고 하늘에서는 대답이 없었다. 기도방은 고요했고 아무도 없는 것처럼 침묵에 빠져 있었다.

마리아가 보이지 않았다. 마리아를 본 사람이 없었다. 아무도 마리아를 보지 못했다. 허원식 당일인데⋯⋯. 이른 아침부터 마리아가 보이지 않았다. 그러고 보니 허원식을 앞둔 새벽 미사 때에도 연 마리아가 보이지 않았다.

"원장 수녀님. 마리아가 보이지 않습니다."

"연 마리아가 보이지 않습니다."

수녀님들의 보고에 원장 수녀의 얼굴이 일그러졌다. 원장 수녀님은 잠시 일그러진 얼굴로 떨고 있는 듯했다. 그리고 원장 수녀님은 기도방을 향해 뛰었다. 기도방 마룻바닥에 마리아는 시체처럼 널브러져 있었다.

"마리아!"

"연 마리아!"

원장 수녀님의 부름에도 마리아는 깨어나지 않았다. 사이렌 소리, 응급차가 수도원을 향해 달려오고 있었다. 허원식은 예정대로 이루어졌다. 다만 마리아만 빠져 있었다. 마리아는 병원으로 향했고 다른 수녀들은 허원식을 치렀다.

마리아는 눈을 떴다. 냉기가 온몸으로 스며드는 듯했다. 연 마리아 그녀는 잠옷 차림이었고 맨발이었다. 놀라서 몸을 움츠렸다. 고개를 돌려 주위를 살펴보았다.

파도 첨벙대는 소리, 흰 파도와 바다. 그리고 마리아 그녀는 어느 강가에 누워 있었다. 소스라치게 놀랐고, 그리고 보았다. 그녀의 곁에 웬 사내가 쭈그리고 앉아 있었다. 파도처럼 밀려오는 바닷물에 발을 담근 채 쭈그리고 앉아 있었다. 마리아는 놀랐다. 그녀가 강가에 있다는 것이. 그리고 그녀의 곁에 사람이 있다는 것이. 그렇게 젊지 않은 남자였다.

옷차림은 허름하지 않은데 몸은 상처투성이였다. 찢어진 옷 사이로 피가 쏟아지고 있었고 몸에는 상처가 많았다. 마리아는 사내를 향해 말했다.

"누구세요?"

그러나 사내는 대답하지 않았다. 자신을 소개하는 게 썩 내키자 않는 표정으로 발밑으로 밀려오는 바닷물만 응시했다. 마리아는 다시 물었다.

"누구세요?"

"나? 나 말입니까?"

소운금은 손가락으로 제 가슴을 가리키며 말했다.

"예! 당신이요."

"난…… 내 이름만 기억하고 있습니다."

"이름이 뭔데요?"

"소운금입니다."

"직업은요?"

"직업요? 직업은 없습니다."

소운금은 입을 다물어 버렸다. 개도 안 물어갈 글쟁이. 그런 글쟁이라는 게 부끄러웠다. 아내를 불륜에 빠지게 했던 못난 놈. 이제 생각하니 아내의 불륜은 제 탓인지도 모른다. 골방에 갇혀 글만 쓰고 있던 글쟁이 남편에게서 자유로워지고 싶었을 아내. 아내의 불륜은 결국 남편인 제 자신 때문이었다. 마리아는 웃었다.

"직업 없는 사람이 어디 있습니까? 직업 없이 뭘 먹고 살 수 있다고."

수도원에서 살았던 사람 같지 않게 마리아의 질문은 지극히 현실적이었다.

"그러게 말입니다!"

소운금은 피식 웃었다.

그러고 보니 그의 직업은 글쟁이임에 틀림없었다. 몇 푼 안 되는 인세였지만 그것으로 입치레하고 살았으니까. 그때였다. 가마꾼 두 사람이 다가왔다. 화려하게 꾸민 가마를 멘 두 사람이 소운금의 앞에 섰다.

"타십시오."

"누구시오?"

소운금은 의아한 듯 물었다. 가마꾼 중 한 사람이 말한다.

"우리요? 우린 저승사자지요."

그 말에 소운금은 깜짝 놀랐다. 그리고 제 살을 꼬집어 보았다. 아프지 않았다. 죽은 게 틀림없었다. 아! 자동차 사고에 그의 영혼이 빠져 나간 모양이다. 또 하나의 가마는 연 마리아 앞에 섰다.

연 마리아, 그녀는 당황하지도 않았고 묻지도 않았다. 다만 그녀 앞에 세워진 가마는 화려하지가 않았다. 낡아 보였다. 가마꾼 한 사람이 마리아를 향해 말했다.

"아가씨! 타시지요!"

친절하지 않은 목소리였다. 두 대의 가마는 강을 건너고 있었다. 이승에서 저승으로 가는 강인 듯했다. 인생에 있어서 누군가에게 닥쳐온 브레이크는 죽음을 불러오기도 하고 누군가의 브레이크에는 다른 선택의 길을 열어주는 것 같았다.

평생을 함께 살겠다고 결혼을 선택했던 남녀. 누가 원인을 제공했는지, 누구 때문인지 그런 건 이유가 되지 않는다. 앞으로 나아갈 수 없을 만큼의 큰 충격의 브레이크에 소운금은 자신의 의사도 아니게 죽음으로 몰려갔다.

그리고 마리아! 연 마리아는 자신의 선택에 인생의 브레이크에 걸린 것이다. 제대로 된 선택에서 이탈했던 건 자신의 몫이었다. 자신이 선택한 브레이크에 걸렸고 그 갈팡질팡함의 끝이 심장마비로 이어져 죽음을 초래했다. 강을 건너면서 가마꾼이 말했다.

"인생 살다 보면 누구에게나 뜻하지 않은 일로 브레이크가 걸리는 법이지!"

"허나 그렇게 걸린 브레이크에도 굴하지 않고 다시 뭔가를 선택할 수 있는 사람은 다시 살 가치가 있는 거지."

외롭지 않으려고 편지를 쓴다

박종학
시인

충북 증평 출생
2007년 7월 월간 《모던포엠》 신인상
2007년 11월 월간 《모던포엠》 포커스
2009년 9월 《좋은 생각》 이 달의 작가
2019년 12월 시흥시청 감성 메시지 "12월의 노래" 채택
상황문학 동인, 방촌 문학 동인
국제 펜클럽 회원, 충청북도 시인협회 회원
현 ㈜해드림 D&M 기술이사, 하모니카 강사, 전기 특급기술자

시집 _
『또 다른 시선으로』(방촌문학사, 2017)

사법고시

성공이라는 이름에 현혹되어
오늘도 비 오듯 땀을 흘린다

인내는 쓰지만 결과는 달콤하다는
진리에 속아 책과 밤새 씨름한다

개천에 용은 죽은 지 오래지만
금수저에 도전하는 흙수저

내 편

사람이 아름답게
보일 때가 있다

나를 이해해주고
행복으로 감싸줄 때

그 사람이
좋아 보인다

사랑이
내 편을 만든다

방석

풍경 소리도 방석집의
젓가락 장단으로 들리고

독경소리도 신음소리로
들리는 방석 위의 존재

백팔번뇌가
존재하는 이유이다

마음속에 극락이 있고
초열지옥이 존재한다

슬픈 이별

어느 날 스며든 이별
겉으론 태연한 척했지만

마음은 서러워서 펑펑 웁니다.
내게로 향했던 마음 돌려주고 가세요

그리운 마음 놓고 가세요
홀가분하게 떠나가세요

나도 마음을 비우게
쉽지 않은 결단이겠지만

세월의 강가에서

강은 항상 본래의 모습을
간직해야 한다

찾아오는 철새들과
가끔은 놀아줘야 하고

아래에서 다툼을 하고 있는
물고기들을 달래줘야 하는데

어릴 때의 강과
현재의 강의 모습이 다르다

허물없이 강에서 놀던
그리운 옛 친구들을 보니

알던 성격과 처신이 다른 모양이
반가운 나를 우울케 한다

필연

처음 만났을 때
스쳐 지나가는 사이였는데

필이 통하고
호감으로 다가오던 인연

만남이 필연으로 연결되고
느낌으로 연결되던 숙명

세월 앞에는 무너진다
어쩔 수 없는 아픔이다

진실

아직은 보는 눈이 부족해
원망과 오해로 세상을 바라본다

눈에 보이는 게
사실이 아니라고

숨겨진 눈물과 미소가
아픈 현실을 말해준다

정성이 아픔을
치료해주고

세월이 진실을
밝히는 세상이다

망각

나무는 나이테를 세다가
그 속으로 들어가
빠져나오지 못하고 있다

나도 나이테를 세다가
꼼짝없이 그 속에 갇혀버린다
꿈을 잃은 세월이다

때로는 잃어버린 시간이
소중하게 여겨질 때가 있다
행복의 순간으로

까치밥

위태롭게 가지를 잡고 있는
마당 끝의 까치밥

기다림이 행복이라고
굳게 믿는 할아버지 신념

바람도 살짝 피해 간다
삶의 평화로움이다

마음공부

마음도 연꽃을 닮고자
깨끗하다는 연꽃 구경을 간다

진흙 속에 힘들게 핀 꽃
이 마음으로 감당할 수 있을까

조용히 합장하고 도망치듯 간다
내가 노력한다고 필 꽃이 아니다

여행

스스로 바다 속으로
숨어 들어가

바다가 품어준
영혼들

안락함으로 동화된
피곤한 일정은

방랑의 끝이 아닌
새로운 이정표

바닷바람이
길잡이를 자처한다

입원실

1인실은 50만 원
2인실은 30만 원
5인실은 2만 원

소리 죽여 숨을 죽이고
마음도 눈물을 흘리며
오늘도 암병동 5인실은 슬프다

가난이 자랑은 아니지만
형제들의 십시일반十匙一飯
사랑의 씨앗을 품는다

예술인

노력해도 재능이 없다고
인정받지 못하는 예술인

무대에서 뛰어나지 못해
후학을 가르치는 음악인

직업이 시인은 늘 배가 고프고
애경사가 두렵다

열정이 성공으로 이어 주지 못해
승천하지 못한 이무기가 많아지고

해악이 작은 파도를 일으킨다
예술인은 어쩔 수 없는 운명이다

외롭지 않으려고

외롭지 않으려고
편지를 쓴다

수취인이 누군지 모른 채
사연을 쓴다

시간과 공간을 초월한 안갯속에서
길을 잃어버린다

엄청난 회오리 속에
또 다른 외로운 나를 만난다

외로움도 내가 만들어낸
슬픈 허상이다

폐업

문을 닫은 치킨집을
바라보는 마음이 아프다

퇴직금으로 창업한 가게
개업한 지 얼마 되지 않은 집인데

될 듯한 마음
폐업을 강요한 현실

참 살기 힘든 생활
거친 삶이 겁나는 세상이다

비가 내리는 날이면

고향집 꽃밭의
그리운 향수에 젖어 있는

봉숭아 꽃잎에 물든
행복의 손톱 끝

어슴프레 스며드는
풀잎의 풋풋한 아련함이여

비가 내리는 날이면
첫사랑의 향기가 더욱 그립다

가을 추억

샛노랗게 물든 은행잎은
밤새 말없이 춤을 추고

지친 풀벌레의 울음소리에
어느덧 행복이 깃들어 있고

가을을 남기고 간 사랑은
깊어만 가고

추억 속에 남겨진 사랑은
아련하구나

그리움 속의 여정은
말없이 흘러만 가네

상처받은 들꽃

마음에 대못을 박고도
달라지지 않은 사랑

몸과 마음이 울고 있다
더욱 아픈 중년이다

내리는 빗방울에
들꽃도 상처를 입는다.

계속 걸어야 한다면

만약에 힘든 인생길
계속 걸어야 한다면

어둠과 밝음이 공존하는
여명黎明에 걷고 싶다

사람과 사람이 부딪치는
삶 속을 걷고 싶다

사람이 무섭다

세월이라는 비수는 꼭 죽지
않을 만큼 찌르고
어둠 속에 사라지는 아픈 인연

자살했다는
소설가 친구의 고통 소식에
소주 한잔으로 희석해야 하는 삶

어깨를 짓누르는 무게보다는
어둠 속을 잘도 달리는 버스에
위안을 받는 슬픈 현실

어둠 속을 걸어가고 있는 시인을 보며

암투병 중인 시인의 아픈 글을 읽으며
오늘도 점점 심해지는 병세를 읽는다

우울하고 암울한 표현
고통을 그림으로 그려내고 있다

말로만 힘내세요
응원하고 있으니 힘내세요

그런 말을 하고 있는
담담한 내가 밉다

금전적으로 도움을 주지도 못하고
찾아가서 위로도 못 하는 현실

답글로 용기를 불어넣어 주는 행동이
내가 할 수 있는 최선임을…

지인

보름달이 변하듯
사는 모습이 변하기는 해도

행복하고
감사함이 묻어 있는 사람

나도 늘 곁을 지키고
삶의 여정을 함께 가고 싶지만

함께하기엔
노력이 필요한 세월이다

그래, 그랬으면 좋겠다

유윤수

시인

경남 함양 안의 출생
《문학과 현실》시 부문 등단(2011)
오산문인협회, 한국문인협회 회원
현 주식회사 경성 근무

시집 _
『너희들을 불러 모아 놓고』(문학과현실사, 2012)

수필

봄에 피는 잎

수천 마리 녹벌레가

물오름 갈망하다

하루 이틀 몸집은 잎 새로 변해

남쪽에 불어오는 봄 자락에 꼬리 춤추다

바람 멈추면 언제 시치미 떼고

인생사 우리 만남 58년이 지나가고

새잎처럼 솟아나는 마음은 그때처럼

영롱하고 푸른데

때가 가야 할 자리라도

찾다가 빈 마음으로 파고드는 이불속

아직도 불러주는 친구가 있어 좋다

늘 우리 마음속 한편에 새잎처럼

맑은 미소로 불러주는 친구가

올 고목에도 새잎 돋아나와

그래 그랬으면 좋겠다.

고향을 떠난 시절

소달구지 타고 갔다 하네

30리 길 이삿짐 따라 자갈길 신작로

할아버지 집에 살러 간다

아버님 산에 모시고 엄마는 누구를 찾아

먼지가 푹푹 나는 신작로 길 따라

덜커덩대는 소 구루마 위에 잠꼬대 벗 삼아

끄덕거리는 아들이 안타까워

새로운 개척지 안의 땅으로 왔다 하네

그때 내 나이 7살이다

그래도 새카만 눈동자 웃음은 윤이 났다네.

봄이 불러주는 노래

방패를 탄탄대로 두고

화살촉 쭉 내밀어 탐색전

선망자 더 높이 쏴라

봄이라고 외친다,

북을 치라 외친다,

꽃을 피우라 외친다,

임신하라 외친다,

출산하라 외친다,

떨어지라 외친다,

감싸 주라 외친다,

봄이 왔다 외친다.

배꽃 필 때

갓 봄맛을 코끝으로 음미하고
만발하게 핀 꽃 봉우에
벌 나비 옹기드니 물고 빨고
한껏 깨소금이 흐른다.
윙 하늘로 솟아 올라버렸다
티 없이 곱든 얼굴 어데 가고
검어 부석한 피부는
바람이 휙 휙 털어 버렸다
남아있는 오 남매 중 또렷한
한 놈은 먼 후일 꿈을 향하여
똘똘하게 남아있다.

학생회장

아무리 밟아도 꺼지지 않는
구름다리를 걷고 있다
나의 인생이 이런 요지경 속으로
몰입될 줄은 꿈에도 생각 없었지
방통대학 울타리 속에 숨은 가시밭길
그 길이 숙제 속에 파고들고 산 넘어
산이 있어 가도 가도 끝이 없네
새로운 인연들이 순식간에 접어들고
주고받는 카톡과 밴드소리 가슴 깊이
파고드는 행사 속 난행
이 고비 넘기면 우리는 또 다른 길 찾아
물방울 꺼지듯이 조용한 호수로 변하겠지.

저렇게도 철이 없나

눈에 넣어도 아프지 않든

물어보아도 귀엽기 짝이 없지

밥숟갈 어쩌다 떨어졌다고

상전에 대고 중얼거린다

늙으면 집에 누워 있지 복잡한 휴게소

냄새 풍기고 다닌다며 흉보고 있네.

어릴 때 누군들 미움이 보였던가.

다들 옥이냐 금이냐 애지중지로

나이 들어 배움 지식 그뿐인 것

공기의 영양일까? 누구를 탓할지

인생은 제자리에서 멈추지 않고

돌아가는 시간에 비례하는 고물인 것

그래도 잠시 생각하여 말하면

언젠가 그 말 천 냥 빚 갚을 수 있다.

태풍이 지난 자리

남쪽 저 멀리서 바람이 분다.

솜사탕처럼 공기를 끌어모아 돌리며 온다.

육지에 가로수 암행어사 출두요

사지가 떨리고 뿌리가 뽑히고

잎파랑이 만신창이 되었다

모두가 하늘에서 내려진 명령

일대 수만의 피해가 입었어도

토 하나 못다는 천하에 왕이요

그러나 그들도 떠나면 그만인 걸

바라본들 뭐한들 또 우리는

당신을 잊고 상처를 치유하며

윙윙대며 살아가겠지

추석 명절에 찾았던 고향 마을

뭐 살다보면 죽지 않으면 만나지

명절이란 것이 특별한 게 없지

해마다 톱니에 얽혀 빠져나오지 못해

물고 돌아가는 인생사 그림자 지울 수 없어

찾아가는 고향 마을 한 채 두 채 늙고 허물어져

모기 떼가 윙윙대는 잡초무덤에 잠들은 주춧돌

어릴 때 섬돌에는 몇 짝의 신발들이 바둑이도

배를 깔고 새근거렸지

앞날을 모르고 살아갈 그 나이가 좋았는데

이제는 앞날이 훤히 물빛 비치는 내 얼굴 같고

희망이란 건져 아무리 돌려 보아도 어디에 정 하나

점 하나 붙여 볼 시간이 지나버린 지금에서

아프고 늙음이란 생에 늦은 것을 의미한다.

행사를 마치고

얼떨결에 맡은 자리가 나의 무리수

알면서도 뺄 수 없었던 긴박함

최종임무는 큰 물결 흐르는 길잡이

사명감 둘러메고 앞만 보고 뛰었지

큰물이 흐르는 것은 알고 보면 쉬운데

작은 물 흐름은 온갖 방해자

그 길이 오래가면 말라버려 흘러갈 수 없지

물소리도 적당한 힘이 있을 때 생기지

큰물 따라 가는 곳 뒤 끝이 맑고

작은 물결 흔적에는 눈곱만 끼어 있다.

고추는 Y를 좋아해!

한창 익은 붉은 고추를 딴다.

이른 새벽 태양이 싫어서 몰래

잠도 깨우지 않는 고추나무 속

살금 손을 넣어 발갛게 익은 고추를

잡았다 위로 치밀면 아파하며 따진다.

그래 그렇게 익도록 얼마나 기다렸을까

그렇고 그런 놈만 몇 광주리 훑어보니

한결 그놈이 좋아하는 곳을 알았다

그래서 이름을 고추라 불러주었고

그가 좋아하는 곳 Y자가 만들어진 곳

우리는 고추 없이 아무것도 못하고

맛도 행복도 모르고 있음을 늦게나마 알았다.

지구촌에 일어난 일

처음으로 당해보는 지구촌 코로나19

무엇 하나 방패 되지 못하고 눈 뜨고 당하고 있다

남이 하면 우습고 내가 하면 안되고 쳐다보면 붙을 것 같은

요망스런 바이러스는 몇 달을 인간을 갈구한다.

쉽게 내어 줄 일을 어렵게 인간한테 붙어

핵, 미사일도 사용해 보지 못하는 1대 77억 인구와 격전을

벌인다.

끝내는 패자와 승자도 없이 그들은 사라지겠지만……

패자가 사라진 뒤 승자의 무참한 후유증은 그 또한 복구가

전쟁이다

막혔던 바닷길 하늘길 망가진 생활일터가 빚더미에 앉은 허

망한 마음

인생 첫 경험 이제는 바이러스와 전쟁하는 의술을 키워

홀로서기와 삶의 생사를 이어 가련다.

돈의 가치

생물체의 원천은 실뿌리에서 존재가 구분된다

같은 물이라도 뿌리가 빨아들여 과일이 되고 꽃이 되고

나무가되고 빨, 주, 노, 초, 파, 남, 보 색상을 띤다.

물맛으로 시고 짜고 맵고 달고 떫고

물로써 조여진 생물은 물과 연관이 되지만

황금은 물이 만들 수 없는 존재

황금나무를 키워 돈을 만들면

돈의 가치는 땅으로 묻혀서 호호

그래서 돈이라 했다.

여자

포근한 살내음이 좋다
속잎 알려고 하지 마
옹달샘 아침에 두드리니
찬밥덩이 따끈히 데워주고

무뚝뚝한 남편 입가에
빙그레한 미소가 앉아
출근길도 챙겨준다

인생사고 그릇이 넓어
겉보다 속내가 깊었던
지혜 많은 별 생각난다.

성숙한다는 것

손바닥 눌러 잠재우고
뜨거운 속살 토하게 한다
하염없는 눈물 숨 가쁜 호흡에
눈치 빠른 엄마 열 삭히는 휴식을 준다
생명을 이어줄 변함없는 밥
쌀만의 힘이다.

오리엔트션에서

밤새 신나게 노래 부르고 춤추던 흔적이

새벽이슬에 밝힌 초승달은 중턱에 걸쳐있고

밤새 안녕을 까치가 물어본다.

봄을 기다리기 아쉬워 달려온 생거뜰안들

흰 구름 한 점 없는 창가에 쪼그려 앉아

어젯밤 폭식한 알코올에 뇌리가 안정을 못 잡고

새벽에 핀 매화꽃은 차가운 이슬을 머금고 또 버드나무

물오름만큼 빠른 봄 향기를 아쉬워하고 있다.

우리는 흙에 살고 있어

먹을거리 찾을 곳 너뿐이니

싫어도 받아주는 넓은 마음

그래서 너와 함께라면 든든해

뿌린 대로 돋아나고 솟는 대로 키워주니

등 따시고 배불러 너의 마음 잘 몰라

새봄이 돌아올 때 잊지 말고

영양보충제 듬뿍 뿌려주면

늘 고마운 대가로 넘실대는 웃음꽃

입가에서 피겠지

여보, 뱀에 물렸어

2019년 10월 22일 오후 2시경 오후 일과가 시작되고 아내가 궁금해서 전화를 해도 아무 반응이 없더니 잠시 후 전화가 왔다.

"여보, 나 뱀한테 물렸어."

말이 떨어지게 무섭게 "악!" 소리만 질렀다. 뱀에 물린 아내는 소리가 없는데, 전화를 받은 나는 악 소리밖에 안 나고 사지가 벌벌 떨린다.

"어떻게 해. 119에 전화할까?"

아내가 묻는다.

"그래. 내가 전화할게."

서둘러 119에 전화를 했다.

"여보세요. 119지요."

"무엇을 도와 드릴까요?"

"고지리 89번지 밭에서 집사람이 일하다 독사에 물렸는데 빨리 가주세요."

119는 사고자 전화번호를 알려달라고 한다. 다행히 아내의 전화번호는 머릿속에 입력되어 있어 바로 알려줬다. 사고자 위치 파악이 되었다며 즉시 출발했다고 연락이 왔다. 나도 도저히 작업을 할 수 없어 외출증도 작성 못하고 구두로 밭에서 집사람이 사고가 생겼는데 잠깐 나갔다 올게, 이렇게 말하기 무섭게 차를 몰고 밭으로 향했다. 아들한테 전화를 했다.

"엄마가 뱀에 물려서 H대 병원에 갔으니 가봐라."

회사에서 밭에까지 거리는 약 5킬로, 차로 13분 정도 걸리는 거리다. 신호등이 별 방해를 주지 않아 쉽게 갈 수 있었다. 약 4킬로 정도 갔을까. 아내한테 전화가 왔다.

"119인데요, 지금 환자를 태우고 동탄 H대학병원으로 가고 있으니 그곳으로 오세요."

"네" 하고 보니 바로 건너편으로 119차 한 대가 지나가고 있었다. 그래서 식당의 넓은 마당에서 유턴을 해서 뒤따라가려고 핸들을 휙 돌려 중앙선을 넘어 공간을 찾아 들어가는데, 바로 앞에서 외제 승용차가 점심을 먹고 출발하려고 꿈적거리며 튀어나온다. 아차. 급제동을 하여 접촉사고는 안 났지만 이 또한 아찔하였다.

뒤쫓아 가려던 마음이 약간 느슨해졌다, 더러운 작업복 차림에 어디를 가나. 아내는 병원에 도착하는 즉시 의사가 알아서 치료할 것이니, 나는 아내가 정리하지 못하고 차에 실려 갔으니 뒷정리가 문제가 될 것 같아 밭으로 갔다. 작업한 상태가 어지러워서 대충 정리해 두고 다시 회사에 들어가 오후 반차휴가증을 정식으로 제출하고 병원으로 갔다.

응급실에서 주사를 몇 개 달아놓고 있었다. 의사 선생님은 처치를 하고 막 돌아서는 중이었다.

"선생님. 어떻게 독이 퍼지지는 않았습니까?"

"네. 아직 검사체크 중입니다."

반응검사를 해야 해독제 주사를 투여한다고 한다. 팔은 점점 붓고 있었다. 빨리 해독주사를 주었으면 하는 생각뿐이다.

5일 전에도 밭에서 독사 새끼가 눈에 보여 발로 밟아 죽이려고 했었다. 쉽게 죽지 않고 고개를 처들고 덤벼들기에 몇 번 더 밟아 줬더니 껍데기가 벗겨져 죽어서 옆 논에 휙 던져 버렸는데, 이번에도 그만한 것이 손등을 물어버린 것 같아 화가 나고 조심스러워진다. 감나무 밑에 참깨 단을 털고 난 부스러기를 적치한 것이 원인이 된 것이다. 부스러기 밑에 호스가 깔려 있어 빼내려고 잡아당겨도 빠져나오지 않아 참깨 단을 치우려고 하는데 무엇이 따끔하게 물고 가버렸단다. 벌써 저 멀리 숨어버렸다며 독사인지 잘 모르겠다고 하는데 며칠 전 본 뱀의 형제들인 것도 같다.

아내는 그날 밤 입원을 하고 나도 같이 옆에서 간호를 해 주었다. 얼마나 아플까. 진통주사를 계속 주는데도 끙끙거려서 가슴이 아팠다. 이러다가 큰일은 없어야 되는데. 다음 날 환자

상태가 좋아 퇴원해도 좋다는 의사 판정이 나왔고 통원치료가 좋겠다며 더 이상 병원에서 치료할 게 없다고 하시는데 이젠 살았다 하는 안도감이 생겼다. 아이들은 어떻게 해야 하나. 내년에도 농사를 지어야 하나 말아야 하나.

통원 치료한다고 집으로 왔다. 머리가 자라서 정신이 좀 어지럽다. 이발을 한다고 이발소에서 시간이 어느 정도 걸렸다. 그러는 사이 아내한테서 전화가 왔다. 아직 멀었냐고 물어본다.

"아, 다했어. 금방 갈게."

저녁을 대충 먹고 나니 아내가 짜증스런 소리로 "여보, 나 힘들어" 하며 병원에 가보자고 한다. 괴로워 밤을 못 넘기겠단다. 지금 이 시간이 정말 괴로운 시간이라는 것을 알 것 같았다.

상처 부위는 공처럼 붓고 피부색이 점점 파래져 온다. 아들을 불러서 엄마가 다시 병원에 가자고 한다고 했다. 즉시 아들과 같이 병원 응급실에 가서 혈압을 체크하는데 체크가 안 되게 수치가 높아져 있었다.

바로 혈압을 저하시키는 주사를 놓았는지 잠에 떨어져 2시간 정도 잠을 자고 일어나서 다시 집으로 왔다. 그 후로도 통증으로 인해 참기가 힘들다고 다시 병원 가자고 조르는데 야속하지만 좀 참아야 된다고 아기 달래듯 하고 내일 아침에 병원에 가기로 했다.

사실 병원에서는 따로 치료할 것이 없고 피 뽑아 검사만 하고 수액주사만 놓아 주니 집에서 물을 많이 먹어 소변으로 독소를 배출하란다. 그렇게 긴 밤을 보내고 일어나니 약간 진통이 가라앉고 붓기도 내려앉은 것 같았다. 일주일이 되니 이젠 살았구나! 했다.

참 이렇게 사고를 당하고 보니 무엇을 어떻게 해야 편히 살아갈까 싶다. 먹는 것을 얼마나 먹는다고 농사를 짓고 고생을 해야 하는지 별생각이 다 들지만 이런 사고는 꼭 농사를 짓는다고 생기는 것은 아니고 하나의 운명이라고 생각하는 것이 옳을 것 같아 마음을 다시 잡아 보았다.

먹을거리 찾을 곳 너뿐이니

싫어도 받아주는 넓은 마음

그래서 너와 함께라면 든든해

뿌린 대로 돋아나고 솟는 대로 키워주니

등 따시고 배불러 너의 마음 잘 몰라

- 유윤수의 「우리는 흙에 살고 있어」 중에서 -

당신인 줄 알았습니다

송풍 **최상만**
시인

강원도 홍천 내면 출생
강원대학교 국어교육과 및 동 대학원 졸업
〈문학과 현실〉에서 시 부분 등단(2009)
한국문인협회 회원

시집 _
『꽃은 꽃으로 말한다』(방촌문학사, 2015)
『이쯤만 그리워할 수 있어도』(방촌문학사, 2019)

가을의 기도

또 단풍이 물들었습니다.
남은 엄마의 가을을
헤아려 봅니다.

이번 가을에는
분이 뽀얀 감자를 쪄드려야겠어요.
하얀 겨울에 드실
노란 감국차도 준비해야겠어요.

단풍 때문에 내 눈에도
붉디붉게
물이 들었습니다.

어머니

생각만으로도 가슴속에

별이 되는 이름

지상의 언어로는

표현할 수 없는 그 이름,

어머니,

평생토록 정화수에

눈물꽃 피우시더니

시간이 흘러도 애절한 그 마음

장독대 위에 여전히 남아

오가는 사람들

두 손 모으게 하네.

배롱나무

하얀 배롱나무꽃이 피었다.

몇 년 힘들어하더니 어렵게 몇 송이 피웠다.

그래도 꽃을 보여 준 게 어딘가.

속으로 이별을 준비하고 있었던 것이리라.

때가 되면 말없이 떠나는 것

우리는 아무도 모르게 살포시 웃었다.

아무도 듣지 못하게 속삭였다.

-내가 좋아하는 거 알지.

나는 살짝 꽃잎을 어루만져 주었다.

아가의 볼에 입 맞추듯,

겸연쩍게 주변을 둘러보았다.

지난봄에 가지 하나 꺾어 본 것이 왠지 미안했다.

봉하마을에서

노무현대통령 서거 11주기에 부쳐

부엉이바위에서

그날도 울었을 뻐꾸기 울음소리가

오늘은 유난히 푸르게 들립니다.

다녀가는 사람마다

가슴 깊은 곳에서

그리움을 한 줌씩 꺼내 놓고 갑니다.

그 자리에는 하얀 국화꽃이 피어납니다.

애절한 마음을 돌에 새겨

바닥에 깔아 놓고

떠나는 걸음마다 가슴에 담아 갑니다.

노랗게 벽을 물들인 엽서가

살짝 흔들립니다.

지붕 낮은 처마에는 여전히

제비 몇 마리 날고 있습니다.

바람이 붑니다.

당신인 줄 알았습니다.*

---

* 2020년 노무현대통령 서거 11주기 추모 현수막에서 인용. "바람이 불면 당신인 줄 알겠습니다."

방촌
문학

그해 봄

일상이 얼마나 소중한지요. 어리석게도 격리되고 나서야 깨닫습니다. 시원한 바람이 그리워집니다. 함께 환호하며 나누던 평범함이 얼마나 행복한 일인지요.

-오늘, 치맥 어때!

-커피 한 잔 할래?

이런 말들이 얼마나 정겨운 말인지 코로나19 이전에는 몰랐습니다.

마음 놓고 숨쉬고, 마음 놓고 악수를 하고, 마음 놓고 포옹하던 일이 그때는 당연한 일이었건만,

-마스크를 쓰지 않으면 전철에 승차할 수 없습니다.[*]

-마스크는 당신과 가족을 지키는 생명입니다.[**]

이제는 모두 얼굴을 가렸습니다. 악수 대신 팔꿈치 인사를 합니다.

코로나19는 여름휴가를 떠나지 않는다[***]고 합니다.

---

[*] 경춘선 전철 방송 멘트
[**] 경춘선 전철 게시글
[***] 2020년 7월 27일 〈김덕기의 아침뉴스〉 엔딩 멘트에서 인용. 휴가철 코로나19 재확산을 우려한 미국 감염병 전문가가 한 말이라고 함.

페친*

나의 페이스북 친구는

성남 어디선가

작은 카페를 운영한다.

얼굴은 본 적은 없다.

그래도 매일 만난다.

언제부턴가

세상은

만나지 않아도 친구가 된다.

며칠째 포스팅이 없다.

댓글도 없다.

오늘따라 성남에

가고 싶다.

---

* 페이스북 친구

행복

멀리, 그곳에
아주 먼 곳에
있을 줄 알았다.

돌아와 보니
지금 내 주변이
가장 푸근하다.

이것이
그때는 몰랐던
행복인가 보다.

별

당신도 보고
있는 거
알아요.

당신도 같은
마음인 거
알고 있어요.

함께
반짝이잖아요.

방촌
문학

정방사 가는 길

솔 내음 따라 그늘을 밟아 오르면
땀이 흐를 때쯤 자드락길 중턱에
고즈넉이 자리 잡은 산사가
지붕부터 서서히 보여준다.
행자가 마당을 쓸었을까
봉당에는 하얀 고무신 한 켤레랑
빗자루 하나 가지런하다.
암벽을 타고 흐르는 샘물이 먼저
시원하게 마중을 나온다.
이것이 고찰의 자비가 아닐는지.
눈 닿는 곳에 청풍호 고요하고
구름은 월악산 중턱에 한가로이 걸렸으니
예서 머물면 누군들
달빛 호수에 젖지 않으리.

처녀치마*

몸을 낮추어야 하더라.

눈높이를 맞춰야 하더라.

고개를 숙여야 하더라.

키 작은 너를

너를 만나기 위해서는,

네게 가기 위해서는,

허리를 굽히니 다가오더라.

눈높이를 맞추니 보이더라.

고개를 숙이니 가까워지더라.

그제야 알겠더라.

처녀치마 낮게,

낮게 고개 숙이며

꽃 피우는 이유를

---

* 백합과에 속하는 다년생초. 학명은 'Heloniopsis koreana Fuse & al.'이다. 성성이치마, 치마풀
이라고도 불린다. 잎이 땅에 퍼져 있어 치마폭을 펼쳐 놓은 듯한 모습에서 치마풀이라는 이름
이 유래했다고 한다.

까치집

흔들리는 나뭇가지 위에

둥지를 틀어야 하는 운명이라 한다.

까치는 바람이 가장 드센 날을 골라

둥지를 완성한단다.

바람이 걸리지 않도록

구멍 숭숭 내어 놓고

온몸으로 비바람 견뎌야 하는 집

웬만한 바람에는 끄덕하지 않는 집

까치집은

결국 바람이 짓는 집,

바람이 완성하는 집이라 한다.

엄마의 정원

윗집에서 얻어온 천년초가 노랗게 꽃을 피웠다. 아랫집에서 몇 포기 따온 칸나도, 달리아도, 꽃창포도 한 귀퉁이에 자리를 잡았다. 누군가 화분째 버린 행운목도 한쪽 가지에서 잎을 틔우고 있었다. 수레국화도 엄마의 손길에 꽃 피우고 진다. 언제부턴가 범부채도 슬그머니 꽃대를 올렸다.

이름 모를 꽃들도 엄마의 정원에서는 자리다툼 없다. 키 큰 꽃은 키 큰 꽃대로, 키 작은 꽃은 키 작은 꽃대로, 엄마의 정원에는 욕심이 없다. 그저 저희들끼리 어우러져 꽃 피우고 열매 맺는다.

농부

누이의 등에 업혀서 보았다.

고개를 숙이기 시작한 벼가

붉은 흙탕물에 휩쓸려가는 것을

벼를 붙잡으려다

옆집 아저씨도 휩쓸려가는 것을

할머니는 평생 처음이라 했다.

노래기가 처마 밑에 터를 잡았고

동네 청년들은 뿔뿔이 흩어졌다.

그해 겨울 송구떡은 유난히 붉었다.

텅 빈 곳간에도

염치 불구하고 봄은 왔다.

냉수에 된장 한 술 말아 허기를

달래면서도 할아버지는

그해 봄에도

모래톱의 논을 갈고 계셨다.

달맞이꽃

달맞이꽃이 밤에 꽃 피우는 것은
순전히 달빛 때문이리라.
눈부시지도 화려하지도 않은 달빛,
달빛 속에서 더 아름다울 수 있는 것을
달맞이꽃은 어찌 알았을까.
꾸밈도, 가식도 없다.
밤새 이슬 함초롬히 머금고
달 뜨지 않는 밤에도
달을 기다리며 꽃 피우고 있었다.
방아깨비 한 마리 가만히 지켜볼 뿐,
돌아보면 화려하지 않은 날들
성근 덤불처럼 밤하늘에 걸려 있고
별이 총총한 밤하늘에
여치의 울음소리 애잔하다.
이슬조차 조심스레 꽃잎에 내려앉으면
새벽 별이 가만히 지켜볼 뿐,

해 뜨면 시들지도

시들어 떨어질지도 모를

그래서 사라질지도 모를 꽃잎이

노랗게 이슬에 젖고 있었다.

수작

연꽃은 이른 새벽부터 분주하다.

연무 속에서 부끄럽게 얼굴 붉힌다.

연잎은 이슬방울조차 허락하지 않는다.

오직 연자를 위해 향기를 품는다.

안으로, 안으로

새벽이면 연잎은 수면 위로

두 손 간절히 모으고

꽃잎 떠받쳐 햇살을 담는다.

꽃잎 오므려 향기를 모은다.

한 올의 향기도 놓치지 않으려

꽃잎끼리 손을 잡고 밤을 지새운다.

이슬이 내리는 이른 새벽이 오면

꽃잎 활짝 터뜨린다.

이슬이 내려앉는 수면 위로 향기 낮게 퍼뜨린다.

이른 새벽 연못에서는 은밀한 수작이 진행되고 있었다.

연향 멀리멀리 보내려는

갈대

가을 햇살에 모여 선 채로
온몸 말리우며,
말라서 부석거릴 수 있어야
서로 기대어 서서 몸 부빌 수 있어야
더 아름다울 수 있다는 것을
갈대는 알고 있었던 것이다.
찬바람에 눈물 한 방울까지
메마르고 나서야 아름다운 것을

갈바람에 타는 목마름 함께 견뎌 내야
견뎌 제 몸 부서질 만큼 흔들려야
모두가 하늘 향해 두 손 흔들어야
더 윤기난다는 것을
억새는 알고 있었던 것이다.
바람과 같이 쓰러져도 바람과 같이
일어설 때 더욱 빛나는 것을

성장통

아픈 만큼 성장한다는데
성장이 왜 멈춘 걸까.
지금까지 덜 아팠던 걸까
아직도
더 아파야 하는 걸까
나는 오늘
그냥,
키높이 구두를 샀다.

천식

어머니의 숨소리에서는
고비 사막의 마른 바람 소리가 났지.
수십 년을 마라톤 뛰듯
가쁜 숨 몰아쉬며
살아오셨다는 것을
폐렴을 앓고 나서야 알았지.

어머니의 가슴속에서는
붉게 달궈진 쇳소리가 났지.
가끔은 메마른 논바닥 갈라지듯
타들어 가는 목구멍이
얼마나 뜨거웠는지를
독감을 앓고 나서야 알았지.

태풍 지나고

꽃피고 열매 맺는 일들
가을이 지나고
겨울이 오는 일들 모두가
저 혼자 가고 온 것은
아니었으리라.
수없이 저녁노을에 물들고
새벽안개에도 젖었으리라.
태풍 지나간 하늘이
언제 그랬냐고 푸르지만
저 혼자 푸르른 게 아니란 것을
저 혼자 흔들린 게 아니란 것을

산에 오르며

산에 오르며 알고 있는 나무 이름들
하나씩 불러봅니다.
자작나무, 박달나무, 상수리나무
거제수나무, 물푸레나무, 나도밤나무…
이름을 부르면 어느 결에
산등성이에서, 산비탈에서 하나씩 둘씩 나를 향해 걸어옵
니다.

산을 내려오면서 알고 있는 꽃 이름
하나씩 불러 봅니다.
물레나물, 고려엉겅퀴, 마타리, 물봉선
쑥부쟁이, 고마리, 꽃무릇, 범부채…
이름을 부르면 어느 결에
등산로 옆에서, 산비탈에서 하나씩 둘씩 손을 흔듭니다.

수선스럽지 않습니다. 있는 그대로일 뿐

재난지원금

고된 삶에 지쳐
소주를 마셨다.

재난지원금으로
고기를 사 먹었다.

아이들이 말했다.
우리나라 좋은 나라라고

그런 말을 들으며
목울대 뜨거워지던 사람이

어디 나뿐이겠는가.
어디 우리뿐이겠는가.

여행길

가보지 않은 길은 설렌다.

가보지 않은 길에는

막연한 동경이 있다.

나이 들어가는 것도

처음 가보는 길

늙어 가는 것도

처음 가보는 길

그래서 나이 드는 일도

늙어 가는 일도 설렌다.

지금 서 있는 모습은

오랜 여행의 그림자.

설렘으로 걸어온 여행길

설렘으로 걸어가는 인생길

외출

슬그머니 나갔다.
허락도 없이,
돌아올 줄을 모른다.
검은 머리카락도
시력도, 탱탱한 피부도
외출 중이다.
그 사이
흰 머리카락이
노안이, 주름살이, 슬그머니
자리를 잡았다.

어쩌란 말이냐

추억을 펼치면
네가 가장 먼저 펼쳐지는 걸

좋은 걸 보면
네게 가장 먼저 주고 싶은 걸

아침에 눈 뜨면
네가 가장 먼저 보고 싶은 걸

별처럼 밤새도록 잠들지 못하는 걸
그런 걸 어쩌란 말이냐

농사

해토가 되면서

밭을 갈고 거름을 주고

어디선가 시詩의 씨앗을 구해다

뿌려놓고

물주고 기다리면

싹이 트고 꽃이 피고

무더위도

태풍도 지나고 나면

시詩라는 열매 주렁주렁 열릴까.

오늘도 텃밭의

잡초를 뽑는다.

꽃은

꽃은 자신을 위해
향기를 만들지 않는다.

꽃은 자신을 위해
꿀을 만들지 않는다.

꽃은 자신을 위해
꽃병에 꽃을 꽂지 않는다.

그냥 피었다 질 뿐, 꽃은
스스로 치장하지 않는다.

가보지 않은 길은 설렌다.
가보지 않은 길에는
막연한 동경이 있다.
나이 들어가는 것도
처음 가보는 길
늙어 가는 것도
처음 가보는 길
그래서 나이 드는 일도
늙어 가는 일도 설렌다.

- 최상만 「여행길」 중에서 -

무지개 사다리로 걸쳐놓으면

최점희
시인, 수필가

경남 거창 출생
부산여자대학 문예창작과 졸업
한국방송통신대학 국문학과 졸업
《문학과 현실》 시 부문 등단
《문학세계》 수필 부문 등단
춘천교구 가톨릭문우회 회원

좋은 날

햇볕이 좋은 날에는

등을 내밀어요

뒷목에서 척추까지 흐르는 음률

우리들 사랑이

물방울처럼 미끄러져 내려요

바람이 좋은 날에는

고개를 들어요

가슴에서 얼굴까지 스치는 울렁거림

그대들 마음이

솜구름처럼 포근하게 번져요

기분이 좋은 날에는

팔을 벌려요

손끝에서 마음을 들추는 짜릿함

당신의 미소가

소나기처럼 경쾌하게 쏟아져요

이렇게 좋은 날에는

뜀박질을 해요

온몸에서 꿈틀대는 행복함

우리들 사랑은

폭포수처럼 힘차게 달려가요

손짓

자꾸만 끌려가요

차오르는 설렘을 안고

노을처럼 붉게 피는 개여뀌 따라

헝클어진 쑥부쟁이 흔들림 따라

열꽃처럼 달구어진 마음 식히러

저절로 끌려가요

가을 손님이 부르는 그곳

즐거운 슬픔

시간이 가니
날이 가고
해가 가니
달이 가고
덩달아 나도 간다.

싹이 나더니
잎이 나고
꽃이 피더니
씨앗이 영글고
슬며시 세월이 간다.

봄이 되면
다시 돋는 그 자리
네가 나를 알까?
내가 너를 알까?
흔적도 없는 전생이 되어버린
즐거운 슬픔

무화과나무 아래서

지친 내 영혼 쉬어가고 싶을 땐
무화과나무 아래로 가리라
어디에선가 바라봐줄 사람
먼 곳에서라도 알아봐 주리

부끄러운 내 영혼 감추고 싶을 땐
무화과 잎으로 가려 주리라
들키고 싶지 않은 사랑
감추고 싶지 않은 평안

무화과 나뭇잎이 말라가도
열매가 열리지 않아도
나 그 나무 아래 앉아
그대를 노래하고 싶어라

꽃이 나에게

그냥 나만 바라봐
나를 가까이 바라봐
내 속에 있는 하늘과 바람과 햇살
찬찬히 찾아봐야 해

하늘보다 높은
바람보다 부드러운
햇살보다 따사로운
그대가 되어야 해

사람을 살게 해야 해
네가 바라보지 않으면
네가 가까이 오지 않으면
나는 시들어 버리거든

동문서답

까미야, 넌 언제가 제일 행복하니?

연분홍 꽃잎이 열리며
흩날리는 내음이 내 코에 닿을 때
당신의 발자국 소리가 점점 가까워질 때

누리야, 넌 뭐가 젤 맛있니?

찌든 때 비비던 비누 냄새
밥상 준비하며 배어든 마늘 냄새
내 목덜미 부드럽게 쓸어내리던 손길
당신이 내미는 그 손바닥을 핥을 때

진실아, 넌 뭐가 제일 두렵니?

날 바라보던 눈길 거두고
다정하게 불러주던 음성 멀어지고
아무리 끙끙거려도
찾아오던 햇살 숨어있을 때

여보게

사람아, 사람아

유유히 흐르는 저 구름처럼

정처 없이 떠도는 저 바람처럼

낮은 곳으로 흐르는 저 강물처럼

사람아, 사람아

천천히 가자!

서로의 가슴에 생채기 내지 말고

온누리에 스미는 온기 나누며

무지개 사다리로 걸쳐놓으면

행복이 되는 사람아

당귀차를 마시며

우리는 왜 한마음이 아닌가?
그야 사람마다 다르니까 그렇지
생김새도, 생각도

한여름 햇볕 아래 반질거리던
당귀를 뽑아 여러 번 덖었다.
구수한 내음이 온몸으로 스민다.

한약 냄새 난다며 도리질하는 너는
이 향이 싫은 게로군
이 세상엔
여러 가지 향이 있고
수많은 사람들이 산다.

목을 타고 넘어가는
따뜻한 당귀차는
어느새 퍽퍽한 내 마음을 녹이며
집 안 곳곳에 엎드려 눕는다.

순명

이 사람을 너에게 맡긴다
너밖에 없구나

황톳물 넘치듯 흐르는 눈물일랑
뿌연 강물에 부어버리렴
장작불 타오르듯 터지는 심장일랑
벌건 노을 위에 풀어 놓으렴
꺼이꺼이 터져 나오는 울음일랑
울리는 천둥소리에 던져버리렴

칠흑 같은 밤하늘의 별이 되는 날
산등성이 언저리에서
한 송이 꽃으로 피어나리라

방촌
문학

자두나무 그늘 아래서

팔랑거리는 잎새 사이로

시큼한 풋자두가 많이도 달렸다

맨발로 뛰어놀던 그들이 모였다

벗들의 재잘거림 속에

가지를 바쁘게 오가는

새소리도 즐겁다

현종이는 고기를 잘 굽는다

동호는 실타래 풀듯 말도 잘한다

환석이는 강아지를 좋아한다

영순이는 신나서 목소리가 높다

현순이는 어른스럽게 잘 챙긴다

미경이는 산딸기 따는 걸 좋아한다

그때가 언제런가?

이 동네 저 동네

몰려다니던 어린 시절

강산도 변하고 몸도 변하는데

마음은 그대로다

옛 추억은 풋자두처럼 싱싱한데

그늘지는 석양 속으로 돌아가는 뒷모습은

시리기만 하다

귀인貴人

상강霜降이 지나고 찬 서리가 내리니, 아직도 많은 꽃송이를 달고 있는 국화가 맥없이 고개를 떨구며 빛을 잃는다. 아쉬운 마음에 해가 지면 꽃 위에 비닐을 덮어주고 아침이 되어 햇살이 비치면 다시 걷어 주었다. 조금이라도 더 오래 꽃을 보고픈 나의 소망 때문이었다. 된서리를 맞는 꽃잎은 아플 것이다. 그 찬 기운을 가려주는 내 손길을 그들은 고마워할까? 그렇다면 꽃들에게 나는 귀인이 되는 것일까?

내가 어렸을 적에, 정초가 되면 어머니는 우리 식구 모두의 일 년 운수인 토정비결을 보고 왔다. 집에 돌아와서는 우리를 앉혀놓고 조심해야 할 것들을 조목조목 일러 주었다. 아직도 기억 속에 남아있는 내용이 있다. 꽃 피는 춘삼월에는 바람을 조심해라. 칠팔월에는 물가에 가지 마라 등이다. 또 마음을 기쁘게 해준 내용이 있었으니, 바로 '동쪽으로부터 귀인이 나타나 도움을 줄 것이다'라는 말이었다. 그 말을 들으면, 보이지 않는 저 미지의 세계에 사는 그 누군가가 내 소원을 들어주러 달려올 것만 같은 생각이 들었었다.

그러나 대수로이 생각지 않았기에 곧 그 귀인을 잊곤 했다. 그런데 지금 생각해 보면 내가 간절할 때마다 정말 생각지도 않은 곳에서 귀인이 나타나 도움을 주었던 적이 매번 있었다고 느껴진다.

중학교를 다닐 때의 일이다. 시오리 길을 걸어 다녔던 나는 동네 친구들과 함께 먼 길을 걸어가다 보면 배가 고팠다. 그때 즐겨먹었던 과자가 뽀빠이, 똘똘이, 자야 등이었는데 그 값이 20원이었다. 한 봉지 사서 교복 주머니에 넣고 집에 올 때까지 조금씩 아껴 먹으며 걸었다. 그러나 돈이 없어서 중학교도 못 보낸다던 아버지를 겨우 설득해 들어간 학교인지라 따로 용돈을 받지 못했다. 가끔씩 친구들이 돈을 빌려주어 사먹곤 했었는데, 한두 번 하다 보면 갚아야 할 돈이 늘어났다. 100원이 차면 그때부터 내 고민은 시작되었다. 이걸 어떻게 갚나? 걱정이 태산이었다.

별 뾰족한 수가 없어 가난한 집 이자 불듯이 걱정만 쌓여가고 있을 때, 어느 날 문득 구세주처럼 고종사촌 큰오빠께서 집에 오실 때가 있었다. 동네마다 다니면서 다리미를 팔았던 오빠는 지나는 길에 우리 집에 들르면 꼭 용돈을 주시곤 했다. 공부 잘해라 하며 천 원권 한 장을 주셨는데 그러면 내 고민은 눈 녹듯이 사라졌다. 친구들에게 꾼 돈을 갚고도 남는 돈이었으니 분명 오빠는 그때의 나에게 귀인임이 분명했다.

중학교 때는 수학여행을 갈 형편이 안 되어 못 가겠다 했더니, 담임 선생님께서 아르바이트를 주선해 주셨다. 선생님의 어린 조카 둘을 두 시간씩 돌봐주라고 하셨다. 속눈썹이 무척이나 길어서 예뻤던 그 아이들을 데리고 함께 그림도 그리고 동화책도 읽어주며 시간을 보냈다. 속리산 법주사로 다녀온 수학여행 때의 사진첩에서 법주사 마당의 큰 미륵불 앞에서 찍은 사진을 볼 때마다 선생님이 생각난다. 교무실로 살며시 따로 불러 학용품을 챙겨주시던 선생님. 따뜻한 그 모습이 아스라이 아지랑이처럼 내 기억 속에 남아있다. 그 이후에도 여러 선생님들로부터 분에 넘치는 사랑을 받으며 학교를 다녔던 것 같다.

대학을 다니는 동안에도 난 귀인의 도움을 받았다. 용돈이 늘 부족했던 나는 나보다 더 연상이었던 언니들을 따라다녔는데 매번 점심이며 간식을 사주었다. 문학의 열병에 들떠 가난조차 서럽지 않을 그때였지만 그녀들이 없었다면 그 시간들이 얼마나 황량했을까! 아련히 먼 동쪽 어딘가에 살고 있을, 나를 친동생처럼 아껴 주었던 그 귀인들을 난 늘 그리워하며 살고 있다.

남편은 건축 일을 한다. 어느 날, 사고가 났다고 했다. 지붕 작업을 하던 인부 한 사람이 떨어져 병원으로 옮기던 중에 사망한 사고였다. 순식간에 일어난 일로 남편은 크게 놀랐고, 급

기야 어딘가로 숨어버렸다. 그 일이 마무리될 때까지 남편도 나도 마음고생이 심했다. 그 일로 힘들어하고 있던 어느 날 밤에 D언니가 날 찾아왔다. 봉투 하나를 건네며 받으라고 했다. 딸이 장학금을 받아왔는데 순간, 내 생각이 났다고 했다. 감사함을 봉헌하는 마음으로 가져왔노라 했다. 돌아가는 언니의 등을 보며 한참 동안 멍하니 서 있었다. 귀인이 나타나 나를 돕는구나.

결혼해 살고 있는 우리 집에 친정엄마는 딱 두 번 다녀가셨다. 첫애를 낳았을 때 산후조리를 돕는다고 와 계신 후로 한동안 오지 못했다. 길이 하도 멀어 엄두가 나지 않았으리라. 그 후 오랜 시간이 흐른 뒤, 두 번째의 방문이 있던 날, 오랜만에 딸네 집에 오는 엄마를 대접해야 하는데 장 볼 돈이 없었다. 그 때는 세 아이들이 다 학교 다니던 때라 지출이 많았다. 누구한 테 돈을 좀 꾸어볼까, 궁리하며 길을 걷고 있는데 M을 만났다. 그녀가 하얀 봉투를 내밀며 말했다. 엄마 오신다 했지? 오랜만에 오시는 거니까 맛있는 거 해드려. 고른 치아를 보이며 그녀가 하얗게 웃었다. 그녀가 건네준 봉투로 갈비를 사고 소고기 미역국도 끓여서 대접을 잘할 수 있었다. 그녀가 걸어서 온 방향이 분명 동쪽이었다.

아무 때나 찾아가도 상다리 휘어지게 따뜻한 밥상을 차려주는 D언니, 넘치도록 풍성한 사랑이 하얀 쌀밥 위에 얹혀있고,

저리도록 따뜻한 정이 갖가지 나물 속에 버무려져 있다. 바쁜 일 때문에 끼니를 놓쳐 살짝 배고파질 때면 먼저 생각나는 언니이다.

마음속에 고민이 있어 우울해질 때 속을 털어놓으면 옆구리에 채워 데리고 다니며 마음의 평안을 심어주는 A언니. 몇 년 더 산 세월이 이런 거구나 싶을 만큼 금세 마음이 편안해지도록 만들어준다. 자신에게 닥친 시련도 결코 작지 않은데 특유의 노련함으로 잘 이겨내며 살아가는 언니에게 나도 귀인이 되고 싶은 마음이 간절하다.

성경에는 선한 사마리아인 이야기가 나온다. 길을 가던 사람이 강도를 만나 가진 것을 빼앗기고 심한 상처를 입었다. 그냥 지나치는 사람들과 달리 사마리아인은 다친 사람의 상처를 싸매고 주막으로 데려가 주인에게 그 사람을 돌봐주라며 돈까지 준다. 불행한 일을 당한 사람을 보고 합당한 이유를 대며 떠나가는 사람들과 달리 그냥 지나치지 못했던 사마리아인.

우리들에게 귀인이란 누구인가? 이 세상 곳곳에서 울고 있는 사람들, 상처 입고 내버려진 사람들, 우리가 외면하며 지나쳐버린 그 사람들이 진정한 귀인이 아닐까! 그들에게 사랑을 베푼 사람은 언젠가 어떤 방식으로든 그 사랑을 되돌려 받을 것이 분명하다.

세상을 살면서 나는 남에게 도움을 주기보다는 많은 사람들로부터 분에 넘치는 도움을 받으며 살아왔다.

영원한 생명을 얻기 위해서는 가진 것을 다 팔아 가난한 이들에게 나누어 주어야 한다고 했던 예수님. 슬픈 표정을 지으며 떠나갔던 부자 청년처럼 나도 재물에 대한 집착을 버리지 못하고 있는 것은 아닐까. 사방에서 나를 향해 오는 귀인들을 나는 기다린다. 그들에게 나도 귀인이고 싶다.

손 위에 손을 얹어 주었다

김호동
소설가, 수필가

충북 출생
《문학과 현실》 소설 부문 「백사장」으로 등단
전국 김소월 백일장(2018) 수필 「천직天職」으로 대상 수상
한국문인협회 회원

송희 생각

아침에 눈을 뜨면 으레 대문 앞에 와 있는 신문을 떠올린다. 헤아릴 수 없이 많은 뉴스를 들여다본다. 특별한 사건은 머리가 기억하게 마련이다. 아는 이를 만나면 당연한 것처럼 그 사건 신문에서 봤지, '효도 관광' 하고 이야기를 주고받으며 하루가 시작된다.

시간이 흐르고 여행하기 좋은 6월에 아내와 나는 딸아이의 초대를 받았다. 나는 그 여행을 효도 관광으로 착각했다. 결코 아니었다. 부모 자식 간의 숨겨진 진실을 알게 되었다. 알지 못했던 서로의 현실이 노출되면서 몰랐던 마음을 알게 되었다. 딸아이가 시켜준 여행을 끝내고 비행기에 올랐을 때 땅 위에서 개미보다 더 작은 송희가 손을 흔들며 소리치는 것을 느꼈다.

'아버지, 남은 세월 건강하게 잘 먹고 잘 사세요. 저는 아버지 닮은 자식을 낳기 싫어서 시집은 절대로 안 갈 겁니다.'

암울하게 들려오는 딸아이 목소리에 나는 허공을 구르며 가슴을 쳤다. 내가 딸아이를 혐오嫌惡하다니 구름 위로 뛰어내리고 싶었다.

내 기억으로는 아내인 순임이가 푸념을 했을 때였다. 딸을 낳으면 비행기를 탄다는데 우리 딸년은 비행기는커녕 인력거도 안 태워 주니 부모 탓을 얼마나 하기에 비행기 소리는 눈곱만치도 없다고 송희 들으라고 한 말이다. 그 말에 송희가 조금만 기다리라고 하고 한 계절이 바뀌고 나서였다.

송희한테서 연락이 왔다. 송희는 언니네를 다녀온다고 나갔었다. 순임은 며칠 전 송희의 연락을 받았다며 지금 있는 곳으로 초대를 받았다고 했다. 순임은 손놀림이 빨라졌다. 카톡을 눌러대는 솜씨가 젊은이들 못지않게 대단했다. 송희가 여행 문제를 의논해 왔다. 순임은 좋아서 어쩔 줄 모른다. 나 또한 비행기를 탄다는 말에 들뜬 것도 사실이다. 여행을 하기 전에는 너나 할 것 없이 소요되는 경비를 산출하게 마련이다. 나는 딸아이와 대화는 하지 않고 순임이가 하는 말을 전달만 받아 결정할 뿐이다. 듣기 거북한 말일지는 모르지만 매사가 과정이야 어찌 되든 결과에 충실하면 되는 입장이다. 그래도 궁금해서 비행기 티켓값을 물어봤다. 순임이 말은 송희가 무엇에서 할인을 받고 또 무엇에서 대우받고 서비스도 받고 또 하나는 잊었지만 한 사람당 왕복 티켓값이 6만 원이라니 서울서 부산까지 KTX값을 비교하게 되었다. 싼 가격으로 제주도를 갔다 온다는 것이 맘에 들었다.

김포 하늘은 흐렸다. 나와 순임은 트랩에 올랐다. 우산을 안 가져온 것이 후회되었다. 스튜어디스의 구명조끼 설명이 끝나고 비행기 안은 조용했다. 눈을 떴다 감으면 송희 얼굴이 떠올랐다. 지금 생각하니 해 준 것이 너무 없어 미안한 생각이 들었다. 가정 형편을 생각해서 안 갔는지, 실력이 모자라 안 갔는지 모르지만 대학을 나왔다면 시집은 가지 않았을까. 딸아이가 측은하게 생각되었다.

　또 한편으로는 마음이 아팠다. 지금 있는 곳이 섬인데 섬에서 왜 또 섬으로 들어갔을까. 혹시라도 현실이 싫어서 사람이 싫어서, 도망이라도 치고 싶어서일까, 송희가 측은하다 못해 애처로워 보였다. 부모 탓만 하고 있는 것은 아닌가. 별생각이 다 들었다.

　칠흑 같은 밤바다에 나와서 무슨 생각을 했을까. 밤하늘의 달을 보고, 별을 보고, 파도 소리를 들으며 마음 아파하지는 않았을까. 비바람 불고 천둥 번개 치는 밤에는 무서워하지는 않았을까. 화창한 날씨에 바닷가를 걸으며 무슨 생각에 잠겼을까. 이런저런 딸아이가 방황하는 망상으로 눈을 연신 떴다 감으며 제주도를 향해 구름 위를 날아갔다.

　공항 대합실에서 마주친 송희가 반갑다고 엄마를 끌어안고 호들갑을 떨었다. 쓰고 있는 황갈색 중절모 밑으로 왕방울만 한 두 눈이 걸려있어 내 딸이 맞구나 생각되었다. 아빠 닮은 구석은 눈뿐이었으니까. 얼굴은 작아 보였으나 심하게 타지는 않았다. 손등은 검게 타 보였다. 카트에 짐을 싣고 밖으로 나갔다. 하늘은 서울보다 더 어둡게 흐려져 있었다.

나와 순임은 송희 차에 올랐다. 하이브리드라며 휘발유와 전기로 간다는 차는 허로 시작되는 번호판을 달았다. 차는 운진항으로 향했다. 가지고 온 짐과 차는 운진항에 두고 가파도로 가는 여객선표를 끊었다. 여객선은 우리를 기다리고 있었다.

셋은 바다가 더 멀리 보일 거라 생각하고 여객선 2층으로 올라갔다. 조용한 바다는 물너울이 조금씩 일기 시작했다. 수면 위에는 고만고만한 바윗돌 세 개가 검은 속살을 드러내 보이다가 부딪혀서 깨지는 하얀 물거품 속으로 들쑥날쑥을 반복하고 있었다. 배는 출발했고 마음 같아서는 비가 오기 전에 서둘러 가파도에 도착하면 좋겠다고 생각했다. 선창 너머로 온통 구름뿐이었고 어둠을 몰고 오는 매지구름장이 찢어져 날아들었다. 멀리서 번갯불이 번쩍거렸다. 작은 천둥소리가 점점 커지더니 갑자기 후드득거리며 비가 쏟아지기 시작했다. 창문을 때리는 비가 굵은 빗줄기로 변해 갔다. 번갯불이 눈앞에서 하얗게 내리꽂혔다. 뒤쫓아 오는 천둥소리는 고막을 때렸다. 바다는 금세 성난 파도를 만들어 여객선을 삼킬 듯 덤벼들었다.

하늘은 바다 위에 구름과 천둥 번개를 몰고 와 알 수 없는 자연의 조화를 부리고 있었다. 송희가 벌떡 일어나 엄마 아빠를 끌어안았다. 애기처럼 보였다. 송희 가슴에서 바다 이끼 같은 물비린내가 났다. 나는 일어나 바다를 응시했다. 선창 밖은 우뢰비가 퍼붓고 있었다. 앞은 우무雨霧에 가려 보이지 않았다. 바윗덩이 같은 파도가 선창을 때리자 사람들은 웅성거렸다. 바다가 이토록 성난 모습을 본 것은 처음이다. 누구도 소리치거나 우왕좌왕하는 이는 없었다. 모두는 무사히 가파도에 도착하기만을 바랄 뿐이다. 시간이 얼마나 지났을까.

바다 위의 태풍이 지나자 푸른 하늘이 환하게 드러났다. 불과 몇십 분 지났을까. 태풍이 쓸고 간 바다는 온 천지가 섬뜩하도록 조용했다. 햇빛이 구름 속에서 가늘게 얼굴을 내밀었다. 바람도, 번개도, 천둥도, 파도도, 모두를 매지구름이 몰고 가버렸다. 마치 우리의 여행을 환영이라도 하듯이 거짓말같이 가파도가 눈앞으로 다가오고 있었다.

송희가 가파도 주차장에서 더블 캡을 끄집어냈다. 여섯 명이 탈 수 있고 뒤는 화물칸이다. 횟집에 들러 저녁을 먹고 송희 언니가 한다는 게스트하우스로 들어갔다. 문은 잠겨 있었고 방은 모두 비어 있었다. 몇 개 되지 않는 방은 농가 주택을 리모델링해서 잠만 자고 가는 손님들을 받는 곳이다. 방값은 저렴했고 식사 제공은 없었다. 낮에는 관광 온 손님들에게 물과 음료수, 기념이 될 만한 저렴한 관광 상품을 팔았다. 화물차에 싣고 사람들이 몰려다니는 곳으로 이동하면서 언니와 장사를 했다며 송희가 웃었다.

언니는 이곳에서 5년을 보내면서 열심히 돈을 모아서 제주도에 민박집을 차렸다고 송희가 부러워했다. 집주인은 시에서 민박 허가를 받아 언니한테 임대를 놓았고 임대받은 사람은 이 집에 살면서 민박업을 해야 한다는 원칙이 있다고 했다. 만약 살지 않고 타인이 업業을 할 경우 시에서 실사할 때 걸리면 영업정지 및 벌금을 내야 한다고 했다. 그러고 보니 송희가 말도 많아진 데다 운전 실력도 늘었고 사람을 대하는 처세도 남달랐다. 아마도 이곳에서 장사를 하면서 생긴 처세술이라 생각되었다.

언니가 운영하는 이 집도 임대할 사람을 찾고 있으며 언니는 이곳을 정리하고 제주도로 나갈 준비 중이라고 했다. 송희는 언니와 의논해서 영업을 접기로 했으며, 일이 비는 동안 엄마, 아빠를 관광시키기로 한 달 전부터 계획했다는 것이다.

이튿날 우리는 제주도 관광길에 올랐다. 송희는 해변가를 드라이브시켜 주면서 곳곳에 차를 세워 맛있는 음식도 사주었고, 여러 볼거리를 구경시켜 주었다. 책에서만 보아온 풍경들을 볼 수 있었다. 알 수 없는 열대 식물과 꽃으로 가득 찬 카멜리아힐에서 사진도 찍었다.

늦은 오후에 비가 내리기 시작했다. 가파도로 들어갈 때 기억이 너무도 생생히 되살아난다며 일찍 모텔로 가자고 순임이가 말했다. 그 말에 나도 덩달아 그러자고 했다. 송희는 그러겠다고 하며 차를 세우고 내비게이션의 주소를 다시 정리했다. 나는 순임이와 뒷좌석에 앉아 우리가 머물고 있는 모텔 주소를 찍고 있구나 생각했다. 조금 가다가 송희가 차를 세웠다. 주유소에서 5만 원이라고 말하고 카드를 내밀었다. 주유소 옆으로 식당이 보였다. 내가 저녁 먹고 가자며 식당 앞에 차를 세우라고 했다. 이번엔 아빠가 저녁을 사겠으니 근사한 횟집으로 가자고 했다. 메뉴는 상, 중, 하로 되어있었다. 나는 중을 가리켰다. 15만 원이다. 나는 허기를 달래며 혼자서 소주 한 병을 다 비웠다.

내가 눈을 떴을 때 순임은 자고 있었고 송희는 운전을 하고 있었다. 창밖에는 가로등도 없다. 오가는 차도 없는 밤길이다. 나는 송희한테 아직 멀었냐고 잠이 덜 깬 목소리로 물었다. 송희 말은 서귀포까지 많이 남아서 지름길로 가려다 길을 잘못 들었다고 했다. 그러나 내비는 목적지에 거의 다 온 것으로 알리고 있었다.

밤길은 어둠과 나무숲뿐이다. 브러시는 간격을 두고 서서히 젖은 앞 유리를 닦고 있었다. 깊은 적막감이 흘렀다. 검은 고요가 간헐적으로 두렵고 은밀하게 엄습해 오고 있었다. 혹시라도 송희가 부모를 엉뚱한 데로 데리고 가려는가 보다 의심이 났기 때문이다. 길은 잘못 들었고 내비는 거의 다 왔는데 물어볼 일은 없었다.

나는 오래전 신문에서 읽었던 '효도 관광'이라는 커다란 글자가 떠올랐다. 늙은 아버지를 관광시킨다고 데리고 나가 공항에다 버리고 도망간 아들을 며칠 동안 욕한 적이 있었다. 만에 하나라도 송희가 그놈처럼 행동하는 게 아닐까. 그것도 그럴 것이, 비행기에서 내리자마자 가파도로 가서 잠만 자고 나온 것도 이상하고 지금도 밤 열두 시가 넘었는데도 아직도 숙소에 도착을 못 하고 있으니 혹시라도 송희가 부모를 내려놓고 도망가기 좋은 곳을 찾은 것이 아닌가 의심이 갔다.

돈이 필요한가 해서 시골 땅 이야기를 해 봤으나 의외로 간단하게 생각하고 있었다. 팔아서 자식들한테 똑같이 나누어 주든지, 아니면 형제들 앞으로 이전해 놓으면 자식들이 늙어서 처분할 것이라며 급한 문제는 아니라고 앞서가는 아리송한 소리로는 그 속셈을 알 수가 없었다. 아빠가 도와줄 일이 없느냐고 물었지만 없다며 두 분이 건강하게 오래오래 사는 것이 저를 도와주는 거라고 말도 안 되는 소리를 하고 있었다.

나도 모르게 큰소리가 나왔다. 부모를 어데다 내려놓으려고 이 밤늦게까지 끌고 다니냐고 호통을 쳤다. 송희가 어데다 내려놓는다는 말이 무슨 말이냐며 엄마, 아빠를 산속에라도 내려놓을 거라고 생각하냐고 대들었다.

　나는 또 어제는 가파도에서 잠만 자고 나올 걸 뭘하러 들어갔다 나왔냐고 소리쳤다. 송희가 굉장한 거나 발견한 것처럼 바로 그것이라고 했다. 아빠는 늘 내가 하는 일은 안 믿으니까 반 년 동안 딴 짓거리 안 하고 열심히 일한 곳을 확실하게 보여주려고 갔다 온 것이라고 한다. 나는 그 말에 잠과 술이 확 깨고 정신이 돌아왔다. 이건 효도 관광이 아니라 순임이가 원했던 비행기 관광임을 뒤늦게 알아차렸다. 효도 관광을 떠올린 자체가 큰 잘못이었고 어느 버릇없는 뉘 집 아들의 소행을 신문에서 보고 금쪽같은 내 딸을 비교한 것을 후회했다.
　송희는 이틀 동안 핸들과 씨름을 했다. 밤늦게까지 운전하는 딸아이한테 방해를 했다. 나는 코를 골아 잠자는 척을 했지만 공연히 미안한 마음에서다. 제주도 이곳저곳을 돌아다니며 맛집이나 볼거리를 구경시켜 주었다. 송희도 잘 모르는 제주 구석구석들을 열심히 보여 주었는데, 아빠로서 신경 쓰이게 하는 엇갈린 소리로 화를 낸 것이 미안했다. 송희가 말한 대로 어제 가파도에 간 것도 딴 짓거리 안 하고 일한 곳을 보여준 것인데 그것도 모르고 부모를 고생시킨 것으로 화를 냈으니 나의 잘못이었다. 오늘 저녁만 해도 빨리 가려고 지름길을 택한 것인데 시간이 더 걸렸다고 나무랐으니 송희 기분이 안 좋았을 것이다. 아빠에게 인정받지 못하는 자식이라고 생각도 했을 것이고.

아마도 송희가 아빠 속을 썩이느라고 시집을 포기하는 게 아닐까. 그게 사실이라면 이번 기회에 모든 걸 털어놓고 대화로 화해를 해야겠다. 지금 술이 취해 자는 척하는 것도 아빠로서 잘못하는 것이 아닌가. 그런저런 생각으로 몸을 떨다 우리가 머무는 모텔에 도착했다. 내일을 위한 포근한 휴식처였다.

우리는 공항에서 비행기에 오를 시간이 남아 있었다. 송희가 엄마하고만 떠들어대다 눈이 마주치자 깔깔대며 아빠를 불렀다.

"아빠. 여기까지 뭐 타고 왔지? 여행은 어떠셨구?"

송희가 비행기 타고 온 것을 엄마 앞에서 확실히 해 달라는 것으로 들려 나는 시발점부터 말해주었다.

"집 앞에서 마을버스를 타고 경기장 앞에서 내려 코스타리카 광장을 지나 전철을 타고 김포공항에 내려서 제주도로 가는 비행기를 타고 왔다."

송희는 내 말이 끝나자 언니가 오면 이삼일 내로 모든 것을 정리하고 집으로 갈 거라며 돈 많이 벌어 엄마, 아빠 외국 여행 시켜 준다고 두꺼운 넉살을 떨어댔지만 나는 외국 여행이라는 말에 갑자기 화가 치밀었다. 그래서 큰 소리로 말했다.

"오지 마라. 가파도에서 게스트하우스를 운영해 봐라!"

나는 송희를 쳐다봤다. 딸아이의 물먹은 눈덩이가 작은 얼굴에서 금방이라도 쑥 빠져나올 것만 같았다. 옆에 있던 순임이가 두 주먹을 불끈 쥐고 칼바람 소리를 냈다.

"안 돼. 당신, 애 보구 별거 다 하라구 그래?"

송희는 올해 마흔 살 먹은 어린애였다. 나는 눈물이 앞을 가려 뒤도 안 보고 돌아섰다.

비婢

현민은 이 년에 한 번은 늘 S병원에서 건강검진을 받았다. 병원은 20층은 되어 보이는 실버타운 건물인데 1층과 지하는 병원이다. 금년도 예외는 아니다.

건강 검진이 끝난 현민은 원무과로 가던 중 구십은 넘었을 노인과 함께 걸어오는 사내와 마주쳤다. 그들은 아버지와 아들 사이처럼 보였다. 현민은 그 사내를 보자 놀라 넘어질 뻔하였다. 사내는 거울 속의 자신을 보는 것처럼 닮아 있었다. 그 사내는 현민을 못 본 채 지나쳤다. 현민은 그들이 아주 천천히 걸어가는 쪽을 바라보며 자신도 모르게 그들과 간격을 두고 따라가고 있었다.

현민은 돌아가신 어머니를 떠올렸다. 어머니의 유언은 이해는 가지 않았으나 늘 가슴속에 품고 살았다. 어머니는 이 세상 어디엔가 너의 아버지가 살아 있다고 했다. 아버지 소기도는 돌아가셨는데 또 다른 아버지가 있다는 것이다. 살아 있는 아버지 이름은 김보선이고 하나밖에 없는 그의 아들과 쌍둥이라고 했다. 그쪽이 형이고 너는 동생이며 형의 이름은 김정태라

고 했다. 현민은 이해가 되지 않았다. 아버지 소기도는 아무 말
도 없이 죽었기 때문이다. 그런데 어머니 을순네가 운명하면서
현민의 출생의 비밀을 말하며, 어디에선가 너와 똑같은 얼굴의
남자를 만나면 쌍둥이로 알라고 유언을 한 것이다.

　현민은 올해 나이가 일흔둘이다. 그렇다면 자기를 닮은 남자
는 같은 또래일 것이다. 옆에 계신 분이 김보선이라면 구십은
넘었다고 짐작을 했다. 노인의 근력은 좋아 보였다. 사내가 노
인을 부축하지 않고 둘은 느리게 걸어가고 있었다. 현민은 흥
분되는 마음을 억제하면서 그들 앞으로 몇 발짝 더 앞서가다
돌아서며 그들과 부딪쳤다. 현민을 닮은 그 남자는 놀란 표정
이 역력했다. 현민이 대뜸 노인에게 말했다.
　"김보선 씨 되십니까?"
　노인이 묻고 있는 상대를 보니 자기 아들과 꼭 닮아있었다.
　"너의 아버지가 소기도냐?"
　"예."
　"너의 어머니 이름은?"
　"을순입니다."
　"그래, 맞다. 너희 둘은 쌍둥이다."
　현민의 아버지는 김보선이고 닮은 이는 형인 김정태다. 현민
의 가슴속에 간직했던 어머니의 유언이 적중한 것이다.

"금년 아버님 연세가 어떻게 되시지요?"

"구십여섯이다. 너는 올해 일흔두 살이지?"

"예, 아버님! 정태 형님도 일흔둘이지요?"

정태가 빙그레 웃었다. 보선은 쌍둥이를 앉혀 놓고 을순네와 살았던 옛날을 회상했다.

1

1894년 갑오개혁에 따른 노비 신분제 철폐가 조선 땅에 선포되었다. 주인을 섬기고 살던 비복들은 그들의 세상이 왔건만 신분을 떠나 살아갈 길이 막연했다. 당장 주인집을 나가 농사를 지으려 해도 그들에겐 땅이 없었다. 종살이를 떠나 장사를 하든 다른 업종에 손을 대 보고 싶어도 수중에 돈 한 푼 가진 게 없으니 신분제가 폐지되었든 안 되었든 그대로 살아야 했다. 폐지란 말은 빛 좋은 개살구일 뿐 손바닥만 한 자기 땅이라도 있었으면 하는 것이 그들의 소원이라 비통할 수밖에 없었다.

노비들은 그렇게 살다가 1910년에 조선이 망하여 일본의 손아귀에서 꼼짝도 못하는 시대가 되고 말았다. 나라는 없고 조선인은 있었다. 공부를 해서 벼슬을 한들 나라를 이끌어가는 조정이 없으니 벼슬을 얻어서 무엇하겠는가. 농가의 양반들 또한 천민들과 농사를 지을 수밖에 없었다. 그렇다고 양반이 머슴들과 어울려 들로, 논밭으로 나갈 수는 없었다.

김천복은 가진 농토로 보아 대농은 아니었다. 자기가 데리고 있는 노비들이 집을 나가 그들 나름대로 길을 찾아갔으면 했다. 어느 날 마지못해 인사를 하고 나가는 노비도 있었다. 남자는 나가면 백정, 광대, 상여꾼, 여자는 기생이나 무당으로 빠졌을 것이다. 함께 살아온 노비 부부는 아들이 하나 있는데 이름이 기도다. 세 식구는 아무 소리 없이 묵묵히 그날그날 말없이 함께 살았다.

김천복은 나라가 없는 내 땅에서 주인으로서, 조선인으로서 그들과 함께 살아가야 했다. 노비의 풍습은 좀처럼 사라질 수가 없었다. 모두는 아니지만 노비 아닌 노비로 전과 같이 살아가야만 했다. 노비의 문서는 풀렸다 해도 갈 데가 없는 그들은 있는 그대로 노비 신세가 되고 있었다. 그들이 존재하는 한 김천복 자신도 노비와 다를 바가 없었다. 양반의 상전은 일본인들이다. 오히려 같은 조선인으로서 노비들과 상하를 갖는다는 것은 이 시대에 어긋난다고 생각했다. 조선 전체에 양반과 천민이 없어졌기 때문이다.

김천복은 장가는 갔으나 한참 후에야 아들을 낳았다. 아들의 이름을 보선이라고 지었다. 김천복의 처는 출산 후유증으로 딴 세상으로 가 버렸다. 보선은 기도의 부모가 보살피며 키웠다. 보선이가 성장하자 기도의 부모는 홀연히 김천복의 집을 떠나 버렸다. 기도에게 끈을 붙여주고 떠나면서 기도를 보러 꼭 돌아온다고 김천복과 약속하고 떠났다. 기도 부모의 말은 자식을 위해서 떠난다고 했으나 김천복은 너무 허전하고 애통하여 기도 부모를 잊지 못하고 살아가고 있다. 해마다 뼈 빠지게 농사를 지어 놓으면 쌀은 나라에 바쳐야 하고 하다못해 밤을 새워 가마니를 짜 놓아도 나라에서 걷어갔다.

김천복은 보선이 나이 11살이 되던 해에 장가를 보냈다. 며느리에게는 몇 해가 지나도 손주가 나오질 않았다. 김천복은 손주 보기를 학수고대했다. 김천복은 손주를 얻는 일이라면 어떤 일이고 서슴지 않았다. 주재소를 피해 백일기도를 하기도 했다. 용녀에게 애기가 들어서는 수태에 좋다는 한약을 떨어질 새 없이 지어 오니 집 안에는 한약 냄새가 그치질 않았다. 세월은 자꾸 흘러도 기다리는 손주는 잉태되지 않았다.

2

1940년경에 창씨개명 반대가 시작되었다. 그들은 조선인의 성씨와 이름을 바꾸라고 아우성을 쳤다. 우리와 너희는 동일 민족이다. 그러니 우리의 법대로 우리를 따르라는 것이 그들의 주장이다. 두루마기에 갓 쓴 우리 조상이 어찌 저희들과 동일한 민족이란 말인가. 조선인의 조상을 버리고 저희들의 신을 참배하라니 말도 안 되는 그런 엉터리가 어디 또 있단 말인가. 김천복은 조상을 향해 태산만큼이나 죄스런 응어리만 품었지, 그 울분을 풀지는 못했다.

면사무소 서기가 주재소 순사를 대동하고 김천복의 집으로 쳐들어왔다. 순사는 삿대질을 하며 당장 창씨개명에 도장을 누르라고 눈알을 부라렸고 면 서기는 서류를 내놓고 도장을 찍으라고 김천복의 턱에 디밀었다. 김천복은 순사가 차고 있는 칼을 가리키며 소리 질렀다.

"이놈! 칼이 내 목에 들어와도 창씨는 못한다. 어찌 내 조상이 있는데 일본놈의 귀신을 따르라는 거냐! 못해, 못한다."

김천복은 절구통에 꽂혀 있는 절굿대를 뽑아 들고 따라오면 쳐 죽인다고 대문을 차고 나갔다. 얼떨결에 겁을 먹은 식솔들은 시뻘건 인주에 손가락을 찍어 서류에 눌렀다. 면 서기가 너는 이름이 뭐고 너는 뭐라고 일본말로 가르쳐 주고는 집을 나갔다. 이 광경을 보선은 숨어서 보고 있었다.

이튿날 보선네 집안에 큰일이 벌어졌다. 창씨를 거절하고 절 굿대를 뽑아 나간 김천복이 그날부로 뒷산에 올라가 소나무에 목을 매고 죽은 것이다. 아버지의 죽음 앞에 선 보선은 깊은 생각에 빠졌다. 자신도 창씨를 거부하고 아버지 따라 목을 매야 하는가, 아니면 창씨를 허락하고 살아야 하는가. 두 길에서 어쩔 줄을 몰랐다.

보선은 언제까지나 슬픈 마음을 간직할 수만은 없었다. 마음을 추스르고 눈앞에 닥쳐오는 일들을 처리해야만 했다. 창씨개명 문제가 큰일이다. 그 일로 아버지는 가셨고 식솔들은 모두 창씨개명을 했다. 보선 자신만 빠져 있다. 만약을 대비해 면 서기를 찾아가 서둘러 마쳐야 할 것이다. 소홀히 해서는 될 문제가 아니라고 판단했다.

또 하나의 큰 문제는 대를 잇는 문제다. 어떻게든 용녀가 자식을 낳아주어야 하는데 용녀는 틀린 것 같다. 몸이 너무 마르고 허약하다. 그렇게 한약을 먹었어도 효험이 없으니 막연히 기대만 할 수는 없는 일이다. 보선부터가 성의껏 정성을 다해 왔으나 아무런 효과도 보지 못했다. 그것도 삼 년을 공을 들여 오면서도 어찌하면 좋을지를 몰랐다. 보선은 자학을 하며 끓어

오르는 마음을 혼자서 채찍질만 하고 있었다. 용녀한테 기대할 수 없다면 어쩔 수 없이 개구멍받이라도 데려와야 대를 이어야 하는 게 아니냐는 생각이 들었다. 한편 무슨 짓이라도 해서 자식을 얻으려는데 보선 자신의 씨앗이 병들어 있어 쭉정이만 가지고 있다면 아무런 소용이 없다고 스스로 자신을 의심했다.

이러지도 저러지도 못하는 보선은 화가 머리끝에서 발끝까지 치밀었다. 죄 없는 기도의 아내 을순네를 불러들였다. 영문을 모르는 을순네가 방으로 들어오자 보선은 다짜고짜 막무가내로 을순네를 뉘어 놓고 일을 저질러버렸다.

일이 끝난 보선은 을순네한데 미안한 심정을 말했다.

"내 씨앗이 병이 들었나 안 들었나, 싹이 트는가 안 트는가, 자네가 판단 좀 해 주게."

그게 전부였다. 얼떨결에 당하고 나온 을순은 억울하지만 어쩔 수가 없었다. 지렁이도 밟으면 꿈틀한다고 당해버린 사정을 어디다 하소연할 데도 없다. 보선 어른의 씨앗을 내 몸에 심어놓고 싹이 트는가 안 트는가 판단하라니 싹이 터서 아이가 생기면 어찌하겠다는 말인가. 을순네는 그 어른의 심정을 모르는 바는 아니지만, 어른이 하는 처세가 옳은지는 머리를 갸우뚱할 수밖에 없었다.

을순네도 답답한 것이 있었다. 보선 어른보다 먼저 기도와 혼인을 했는데도 기도 싹이 뱃속에서 트질 않으니 말만 남편이랍시고 빈껍데기만 달고 다니는가 알 수가 없었던 것이다. 을순은 의심이 가는 데가 또 하나 있었다. 안방마님은 을순네와 백일기도를 다니며 순사한데 붙잡혀 몇 번이나 씨를 받았을 텐데도 지금껏 아무런 소식이 없었다. 그러면 보선 어른이나 순사나 기도까지도 씨 알갱이가 없는 빈 껍데기들뿐이란 말인가. 이해가 안 되는 데다 자기한테도 왜 애가 들어서지 않는지 알 수가 없었다.

대쪽 같은 보선의 아버지 김천복은 보선에게 불호령을 내리며 훈계를 했었다. "남자는 자고이래로 세 가지 조심을 해야 한다. 첫째가 입 조심, 둘째가 손 조심, 셋째는 뿌리 조심이니라." 보선은 셋째를 불응했다. 그것도 내 집에서 같이 사는 을순네를 건드렸다. 보선은 아버지를 그리며 잘못했다고 빌었다. 자신이 저지른 일에 대하여 조금은 수습을 해야겠다는 생각이 들어 용녀의 눈치를 보아야 했다.

아버지가 목을 맨 이유가 창씨개명 때문이기도 하지만 손주를 애타게 기다리던 끝에 화도 나셨을 거라며 며느리한테도 책임이 있다고 말을 하고는 넌지시 용녀의 얼굴을 살폈다. 귀를 쫑긋하던 용녀는 손주에 대한 일이라면 어떤 말을 해도 할 말이 없다고 대답했다. 보선은 또 어떻게 하면 우리도 자식을 가질 수 있을까 하고 물었다.

 침묵이 흘렀다. 보선이 겨우 하는 말이 용녀가 안 된다면 양
자를 들이든가 해야 할 판이라고 했다. 뒤이어 보선은 긴 한숨
을 내뱉고는 혹시 내 씨가 병들어 있다면 아이를 못 낳을 수도
있다고 했다. 용녀가 가늘게 뜬 눈으로 보선을 마주 보며 외도
라도 해서 자식을 낳을 셈이냐고 물었다. 보선은 펄쩍 뛰며 외
도는 무슨 외도냐고 단호하게 말했다. 보선은 용녀를 다독이며
무슨 수가 있을 거라고, 지금껏 살아왔는데 너무 걱정하지 말
라고 위로했다.

 을순네 또한 보선 어른과 그런 일이 있은 후 기도를 쳐다보
기 민망해서 입을 열었다. 보선 어른이 장독대 옆에 모신 터주
앞에 엎드려 울면서 하소연하는 소리를 들었다며 너무 불쌍하
고 안됐다는 동정이 담긴 말을 기도에게 했다. 대뜸 기도가 물
었다.

"뭐라 하소연했는데?"

 그래서 을순네는 가장 슬프게 하소연한 것은 부모님이 이제
는 두 분 다 없다며 복받쳐 울다가 더 슬프게 우시는 건 손주
를 못 낳은 자신이 죄인이라고 그렇게 몸부림치며 우셨다고
했다.

3

을순은 너무 불쌍해서 그놈의 자식이 뭔지 하나 낳아드리고 싶다며 기도를 쳐다봤다. 기도는 슬픈 표정이 역력했다. 그러다 기어들어 가는 소리로 말했다.

"그래, 하나 낳아드려. 보선 어른이 불쌍하잖아?"

"정말?"

을순은 맞장구는 쳤지만 이런 쓸개도 없는 소 같은 놈이라고 중얼거렸다. 남편 구실을 못 하는 기도였지만 마음 하나는 착하고 을순네 없이는 못 사는 기도였다. 을순은 진실한 마음에서 보선 어른댁에 아들을 하나 낳아주고 싶었다. 자신에게도 아이를 한 번 가져 봤으면 하는 모성애가 있었기 때문이다. 만약 아들을 낳아 놓으면 자기들 것이라고 당연히 뺏어갈 것이다. 죽은 큰 어른도 대를 잇지 못해 걱정을 했고 지금 보선 어른 또한 별다른 대책이 없어 보였다. 오죽하면 을순이를 찾았을까.

맞아 죽더라도 아들이 나오면 못 준다고 해 볼까. 지금은 양반, 상놈, 노비가 다 없어졌고 노비 문서마저도 모두가 헛것이 되었다는데 나도 자식이 없으니 안 된다고 해 보면 어떨까. 또 안방마님은 어떻게 변하실까. 을순네는 애가 들어서지도 않았는데 김칫국부터 마시고 있었다.

그러나 아들을 낳아 놓으면 이 집에서 쫓겨날 것은 당연하다고 생각했다. 안방마님이 낳은 것으로 해야 되기 때문이다. 같이 살다가 애기가 자라며 을순네를 엄마라고 부르면 모든 게 다 산통 깨지는 게 아닌가. 틀림없이 쫓겨날 거라고 별별 생각을 다 하던 을순은 현실을 탓하고 말았다. 죽으라면 죽은 시늉까지 해야 하고 패면 패는 대로 맞아가며 살아가고 있는데 종살이를 한탄할 수밖에 없었다.

　을순은 다시 마음을 고쳐먹었다. 아들을 낳아준다 해도 기도와 을순네 운명은 점칠 수가 없다. 지금까지 해온 대로 하라면 하고 복종하며 살아야 한다고 마음을 돌렸다. 그래야 신세 편하고 목숨을 부지할 수 있을 테니까. 노비奴婢는 결코 인간의 탈만 썼지 사람이 아니라고 을순은 울분을 삼키고 말았다.

　"마님, 죽여 주시옵소서. 이년이 임신을 했습니다."
　"누구의 애를 임신했다는 거냐?"
　문지방 너머로 들려오는 을순네 울음소리에 발걸음을 멈춘 보선은 와락 눈물이 솟구쳤다. 놀랍고도 반갑고 주체하지 못하는 감격에 찬 눈물이 쏟아졌다. 을순네가 임신한 것을 용녀한테 빌고 있었다.
　"네 이년! 감히 꼬리를 친 게냐. 그럴 분이 아니라는 건 네가 누구보다도 잘 알고 있지 않느냐?"

"예, 알구 말고요. 이년이 어느 날 밤 장독대에 가려는데 터주 앞에서 보선 어른을 보게 되었지요. 터주신을 찾으시며 돌아가신 부모님을 부르시고 너무 처량하게 하소연을 하시더니 큰 어른을 따라 목을 매고 싶어도 자식을 못 만들어 못 죽는다고 하셨습니다. 터주신을 부르며 아들 하나만 점지해 달라고 통곡을 하고는 엉엉 우시기에 너무도 애처로워 이년이 어른 등에 얼굴을 묻었습니다. 그날 밤 어른은 저를 안으셨고요."

을순네 자백은 거짓이다. 그 당시 을순네를 어떻게 했는가는 보선이 했던 일이라 더 잘 알고 있었다. 처절하게 빌어대는 을순네의 울음소리를 들으며 보선은 그녀의 정성이 너무도 가련하고도 고마웠다. 보선은 두 주먹을 불끈 쥐었다. 자신도 아이를 낳을 수 있다는 자신감에 불타 있었다. 자신의 씨앗이 병들지 않았다는 확실한 증거를 을순네가 보여주었다. 지금부터는 주눅 들어 고개 숙일 필요도 없고 애 못 낳은 병신 소리도 들을 필요가 없다. 누구와 마주쳐도 똑바로 볼 수 있다는 자신감이 넘쳐났다. 모든 사람이 반갑게만 보였다. 딴 세상에서 새사람이 된 것처럼 보선은 바보가 아니라고 소리쳤다.

4

보선의 아버지 김천복은 손주가 생산되기를 애타게 공을 들이다 대를 잇지 못하고 목을 매고 말았다. 용녀의 죄스런 마음은 가슴속에 돌덩이처럼 굳어 있다. 김천복의 죽음으로 보선네 집은 암울하고 어두운 바람만 휘돌았었다. 그러던 중 을순네의 임신 소식에 가정은 때아닌 활기가 돌기 시작했다. 사람들은 생기가 나고 새로운 생활이 시작되었다. 보선은 자신감과 용기에 차있었고 들로, 산으로, 논밭으로 뛰어다니며 농사일을 돌보았다.

기도는 덩달아 좋아하며 보선을 따랐다. 착하고 성실한 기도의 성품은 복종과 순종만을 하는 노비奴婢의 근성을 그대로 갖고 있었다. 보선은 기도에게 우리글을 가르치고 더하고 빼는 셈법도 가르쳤다. 기도가 보선보다 먼저 장가를 갔는데도 아이가 없으니 보선은 기도의 씨앗이 병들어 있다고 생각했다. 보선은 기도한테 자식이 없어 어찌할 거냐고 물으면 자식을 가져서 뭣하냐는 것이 기도의 본심이다. 지금은 양반, 노비가 없어졌다고 귀가 닳도록 가르쳐도 이해하지 않았고 말을 듣지도 않았다. 그러나 을순네는 달랐다. 눈치 빠르고 매사에 적극적이며 요령도 많았다. 밤잠을 설쳐 가며 집안일을 돕는가 하면 자기 몫을 챙기는 욕심도 있었다. 을순네는 기도와는 달리 자식을 갖고 싶어 하는 모성애도 있었고 대를 잇고 싶은 충동도 있었다. 또 남을 배려할 줄도 아는 성격이었다.

을순네가 임신한 동안 용녀의 정성에 보선은 감탄했다. 혹시 을순네를 시기하지 않을까 용녀를 걱정했지만, 오히려 부러워하며 그렇게 해서라도 자식을 가져야겠다는 애틋한 정성이 날로 보였다. 을순네처럼 팔을 걷어붙이고 부엌, 마당, 장독대를 오가며 우물가에 앉아서 하는 일도 서슴지 않았다. 보선은 용녀가 고마웠다.

용녀는 을순네가 만삭이 되었을 때 안방과 마루 사이에 있는 건넛방을 내주었다. 유난히도 배가 불렀다. 용녀는 쉴 새 없이 건넛방을 들락거렸다.

5

그다음 해 겨울 을순네가 출산을 했다. 튼실한 쌍둥이 형제가 태어났다.

보선과 용녀가 그렇게 애타게 바라던 자식을 보게 된 것이다. 그 기쁨을 무어라 형용할 수가 없었다. 경사스러운 것은 아들을 둘씩이나 얻었으니 소원 성취를 한 셈이다.

쌍둥이를 낳고 며칠 안 되어서 일이 벌어졌다. 핏덩이 형제를 젖을 물려 재워놓고 을순네가 천정 대들보에 목을 맨 것이다.
마침 들이닥친 보선과 용녀는 을순을 내려놓고 허겁지겁 물을
떠다 뿌리고 먹이고 을순네 가슴에 손을 넣었다. 숨은 끊어지
지 않았다. 용녀가 통곡했다. 두 아이를 어찌 기르라고 죽는단
말인가. 가슴을 치고 천벌을 맞을 짓이라고 울먹였다. 멍하니
바보가 된 보선은 아이와 을순네를 내려다보고 있었다. 저녁때
가 되어 을순네가 깨어났다. 용녀는 을순네 손을 잡고 하소연
했다.

"왜 죽으려 했나? 말을 하게!"

묻는 말에 을순네가 죽어가는 소리로 입을 열었다.

"마님. 이년이 자식을 낳아 놓고도 자식이 없다면 무슨 낙으
로 살아가겠습니까. 두 아이를 놓고 이 집을 나갈 생각을 하니
살고 싶지가 않았습니다."

"그렇다면 어찌했으면 좋겠는가?"

용녀가 다급히 물었다.

"저 아이, 동생을 제게 주십시오."

옆에 있던 보선이 큰기침을 하며 그건 안 된다고 소리치자 을
순네가 대답했다.

"어차피 죽으려 맘먹었으니 뒷산에 가서 목을 달겠습니다."

"아니, 아버지도 뒷산에서 목을 맸는데 을순네까지?"

"아이를 안 주신다면 이년은 당장 뒷산으로 가겠습니다."

새끼를 잃은 맹수가 되어 을순은 자리에서 벌떡 일어났다. 보선과 용녀는 얼굴을 마주하고 두 아이를 내려다봤다. 보선은 숨을 죽여 가며 알았다고 했다. 을순네가 고개를 들어 독살스럽게 물었다.

"안방마님도 허락하시는 겁니까?"

용녀는 흐느끼면서 보선을 마주 봤다. 잠시 후 용녀는 마지못해 고개를 끄덕였다.

보선은 또 한 번 초상을 치르게 할 뻔한 을순네가 무서웠다. 만약 집에서 목을 매 죽었다면 이 집에서 어떻게 살겠는가. 우리가 빨리 들어오길 잘했다고 보선은 용녀를 쳐다봤다.

보선은 큰애 이름을 정태라 지었고 기도는 작은애의 이름을 현민이라고 지어 각자의 자식임을 확실히 했다. 보선은 기도네 식구를 내보낼 생각을 했다. 논 서 마지기와 밭 팔백 평을 돈으로 환산해 주었고 쌍둥이가 젖을 뗄 때쯤 기도네 식구를 내보냈다. 그 후로 몇 년 더 살다가 보선도 고향 집을 정리하고 한성으로 이사를 했다.

그렇게 헤어진 뒤로 을순네의 생사도 모르고 쌍둥이들은 늙어 칠십이 넘도록 을순네와 한 번도 만나지 못했다. 혹시라도 을순네가 살던 곳을 찾아갔어도 보선은 고향을 일찍 떠나왔으니 만날 수가 없었을 것이고 보선 또한 고향 사람들한테도 한성으로 이사 가는 것을 숨겼다. 보선과 용녀는 정태를 을순네가 낳은 것이 아니라 용녀가 낳은 것으로 모두 알고 있기를 바라기 때문이다.

지금은 기도나 을순네도 이 세상에 없지만 용녀도 오래전에 세상을 떠나고 말았다. 단지 보선만 살아 있을 뿐이다. 보선은 둘은 쌍둥이라며 정태의 손 위에 현민의 손을 얹어주었다.